Erotische

Dominanz

Empfohlen für ältere, sexerfahrene
Leserinnen und Leser!

NICHT JUGENDFREI!

Teil 1 meiner Ausbildung zur Hure

.

Bibliografische Information der Deutschen Nationalbibliothek: Die Deutsche Nationalbibliothek verzeichnet diese Publikation in der Deutschen Nationalbibliografie; detaillierte bibliografische Daten sind im Internet über dnb.de abrufbar.

Herstellung und Verlag: BoD – Books on Demand, Norderstedt
ISBN 9783756212392

Vorwort:

In diesem ersten Teil beschreibe ich meine Empfindungen und Erlebnisse ab dem ersten Tag meiner Wandlung zur Hure.

Meine Cousine Farah und ich waren damals einundzwanzig Jahre alt. Die Jungs innerhalb unseres näheren Umfelds interessierten uns nicht wirklich, deshalb waren wir immer noch auf der Suche nach den richtigen Männern und tatsächlich noch jungfäulich, als unser durchtrainierter und äußerst gutaussehender Nachbar sich unser angenommen hat. Wir sind ihm innerhalb kürzester Zeit total verfallen. Er hat es geschafft, uns hörig zu machen. Er lehrte uns unser Handwerk von der Pike auf. Wir wurden auf alle Eventualitäten, die dieses Leben mit sich bringen kann, ausführlich vorbereitet. Ganz besonders auf den Tag, an dem wir zu Frauen wurden. Unsere Jungfräulichkeit war unser kostbarstes Gut.

Trotz aller Entbehrungen und Erniedrigungen leben wir dieses Leben auch heute noch. Wir leben weitestgehend selbstbestimmt und wissen genau, was wir tun und wie weit wir bereit sind zu gehen. Im Gegenzug für unsere harte und professionelle Arbeit haben wir inzwischen unsere finanziellen Ziele weitestgehend erreicht. Wir können uns leisten, was auch immer wir wollen. Ein paar Jahre noch und wir haben so weit für unsere Rente vorgesorgt, dass wir ausgesorgt haben. Auch wenn das für viele Außenstehende jetzt befremdlich klingen muss, werden wir immer noch geliebt und überaus großzügig befriedigt von unserem Mentor. Weitere Informationen dazu werde ich euch in Teil 2 und 3 meiner Lebensgeschichte mitteilen.

Eure heiße und allzeit bereite Edelhure
Raija

Erotische Dominanz

Teil 1 meiner Ausbildung zur Hure

Wir befinden uns hier auf Amelug, einer kleinen, hauptsächlich touristisch genutzten Insel, im Nordostatlantik, noch etwa fünfzig Seemeilen nordöstlich der Färöer-Inseln. Diese Insel ist ein wahrer Geheimtipp für den gehobenen Geldbeutel. Starke Strömungen machen eine Anreise über den Wasserweg nur für erfahrene Seeleute möglich. In den meisten Fällen wird jedoch der Helikopterlandeplatz des Palasthotels genutzt, zumindest von den fast ausschließlich gut betuchten Gästen. Durch den jetzigen völlig unerwarteten und vorzeitigen Kälteeinbruch ist derzeit überhaupt keine Anreise auf unsere Insel möglich. Zum Glück funktionieren die Funkverbindungen noch, sodass sich die momentan auf Amelug befindlichen Personen mit ihren Familien auf dem Festland in Verbindung setzen können.

Für mich spielt das keine Rolle, ich lebe seit meiner Geburt hier auf Amelug. Mittlerweile wohne ich mit meiner Cousine Farah zusammen in dem kleinen Häuschen unserer Großmutter. Seit ihrem Tod vor zehn Jahren sind wir allein hier. Wir leben eigentlich schon von Anfang an bei unseren Großeltern, da unsere Eltern der Arbeit wegen nach Island ausgewandert sind. Der Kontakt zu ihnen ist eher selten, dennoch herzlich. In den letzten Jahren haben wir sogar noch Geschwister bekommen, die wir fast gar nicht kennen, dafür sind meine Cousine und ich inzwischen allerbeste Freundinnen geworden. Für Farah und mich stand schon im Alter von zehn Jahren fest, dass wir zwei für immer auf Amelug bleiben werden. Das war zu dem Zeitpunkt, als unsere Eltern sich entscheiden hatten, von der Insel wegzuziehen. Wir sind fast wie Zwillinge aufgewachsen und sehr glücklich einander zu haben.

Kurz nach dem Tod unserer Großmutter, wir waren damals beide einundzwanzig Jahre alt, hat die Nachbarsfamilie sich unser angenommen, beziehungsweise ein Auge auf uns geworfen. Daraufhin haben unsere Eltern dann auch zugestimmt, dass wir ab diesem Zeitpunkt das Haus unserer Oma allein bewohnen und bewirtschaften durften. Was sie jedoch nicht wussten war, dass unser gutaussehender Nachbar ganz andere Pläne mit uns hatte. Am Anfang haben Gunnar Eriksson mit seinem sechzehnjährigen Sohn Androsz uns geholfen das Haus winterfest zu machen, doch direkt nach Beendigung seiner normalen Schulzeit ist Androsz für zwei Jahre auf die höhere Schule nach Reykjavik gegangen. Diesen ersten Herbst ohne Androsz hat sich Gunnar dann ganz intensiv um uns Teenies gekümmert. Er war immer noch sexy mit seinen einundvierzig Jahren. Eines Abends lud er Farah und mich zu sich nach Hause zum Abendessen ein. Er öffnete eine Flasche Rotwein und wir waren begeistert. Immer wieder feuerte er den Kamin an und es wurde wärmer und wärmer. Gunnar arbeitete damals wie auch heute noch im Palasthotel, wie viele andere Ameluger auch. Er nutzte dort nicht nur das Solarium, sondern offensichtlich auch das Fitnessangebot. Er zog sein dickes Holzfäller-Hemd aus, so dass sein durchtrainierter Oberkörper nur noch von einem dünnen weißen Achselshirt bedeckt wurde. Nachdem wir die zweite Flasche Wein fast geleert hatten waren wir recht angetrunken. Schon seit ein paar Jahren waren wir irgendwie fasziniert von Androsz Vater, in unseren Augen war er zu damaliger Zeit der perfekte Mann. Wir träumten oft davon, in seinen Armen liegen zu dürfen. Umso glücklicher waren wir nun hier bei ihm zu sein. Wir fingen an zu lachen und uns wurde es viel zu heiß in Gunnars guter Stube. Wir zogen unsere Pullover aus, während der Hausherr die dritte Flasche Wein öffnete. Auf Amelug ist Alkohol schon immer sehr teuer gewesen, Farah und ich konnten gar nicht genug zu trinken bekommen. Gunnar legte eine alte Schallplatte auf und fing an zu tanzen. Nach kurzer Zeit tanzte er immer abwechselnd mit Farah und dann wieder mit mir. Wenn ich mich jetzt, als erwachsene Frau, und zehn Jahre später zurückerinnere, spüre ich seine Hand immer noch deutlich auf meinem Hintern. Für uns junge Frauen war dieser Abend damals der Beginn von etwas ganz Großem und Erstrebenswertem. Als er dann anfing mich zu küssen, fand ich das sehr aufregend und spannend. Im ersten

Moment war ich sogar etwas eifersüchtig als er sich zu Farah umdrehte und danach auch sie küsste. Wir knutschten eine Weile abwechselnd und tranken dabei weiter, bis er uns die Flasche wegnahm. „So, meine Süßen, ihr sollt doch mitbekommen, was mit euch passiert. Ihr habt für heute genug getrunken. Wer möchte als Erste mehr von mir bekommen?" Während er das sagte, öffnete er seinen Gürtel und wir riefen beide gleichzeitig laut und deutlich „Ich!". Gunnar setzte sich auf das Sofa und klopfte mit den Handflächen neben sich auf die freien Plätze. Wir setzten uns neben ihn, Farah rechts, ich links. „Wollt ihr von mir lernen erwachsen zu werden?", fragte er und küsste uns abwechselnd auf den Hals. Wir waren beide bereit. „Dann werdet ihr ab sofort meine Schülerinnen und ich bringe euch alles bei, was uns glücklich werden lässt. Aber ihr müsst mir gehorchen und das machen, was ich euch sage, seid ihr damit einverstanden?" Seine Stimme war laut und energisch, ich erschrak erst und überlegte dann noch einen Moment während Farah ihn stürmisch küsste, bevor sie uns mitteilte, dass sie alles tun würde, was er verlangte. Ich wollte daraufhin auch seine Schülerin werden und stimmte ebenfalls zu. Er verlangte als erstes, dass wir unsere Hosen aufmachen sollten, nicht ausziehen, nur öffnen. Nun durften wir noch einen Schluck Wein trinken bevor er seine Hände auf unsere Bäuche legte um dann ganz langsam in unsere geöffneten Jeans zu greifen. Vorsichtig packte er einmal zu und ich verspürte einerseits einen leichten Schmerz, andererseits überkam mich eine bis dahin noch nicht gekannte Geilheit. Farah schien es ähnlich zu ergehen, sie stöhnte lustvoll auf. Er befriedigte uns mit seinen geschickten Händen, bis es uns heftig kam. Ab dem Zeitpunkt waren wir ihm hörig. Er hielt uns nach diesem ersten Abend vorerst auf Abstand, was uns traurig machte. Wir waren nicht sicher, ob wir vielleicht etwas falsch gemacht hätten. Nach sieben langen Tagen und Nächten lud er uns dann endlich erneut zu sich ein. Wir waren euphorisch und sehr voller Vorfreude, bereit von diesem Mann entjungfert zu werden. Doch es kam anders als wir dachten. Sehr zu unserer Freude gab es diesmal Sekt. Gunnar schenkte uns große Gläser ein und bat uns zügig auszutrinken. Gleich im Anschluss stellte er zwei Stühle, Lehne an Lehne, in die Mitte des Raums. Auch an diesem Abend loderte wieder das Feuer im Kamin. Er forderte uns auf, ohne Höschen auf den Stühlen Platz zu nehmen. Wir sollten uns nur untenrum freimachen. Nachdem wir seiner Forderung nachgekommen waren, richtete er das Wort an uns. „Ihr wart sehr gehorsam und habt dichtgehalten, zumindest ist mir nicht zu Ohren gekommen, dass ihr über die Ereignisse der letzten Woche mit irgendjemandem gesprochen habt." Er schaute uns mit ernster Miene an, bevor er unsere Gläser erneut füllte. „Seid ihr bereit für die nächste Lektion? Wenn ihr nicht bereit seid, müsst ihr euch wieder anziehen und gehen. Bleibt ihr aber, gehört ihr und eure Körper ab sofort mir ganz allein. Ihr werdet alles ganz genau so tun, wie ich es euch vorgebe. Ihr werdet großzügig belohnt für eure Treue, aber auch bitter bestraft, solltet ihr nicht brav sein und gegen meinen Willen handeln." Er schaute uns fragend an, doch wir trauten uns erst nicht etwas zu sagen. „Raija, was ist mit dir? Bist du bereit für das große Ganze? Willst du dich mir bedingungslos hingeben?" Ich war ihm verfallen und wünschte mir in diesem Moment nichts sehnlicher, als von ihm genommen zu werden und ihm meine Jungfräulichkeit zu schenken. „Ja, Gunnar." Eigentlich hatte ich in diesem Moment vor, ihm meine Liebe zu gestehen, doch er fiel mir ins Wort, bevor ich es aussprechen konnte. „Ab sofort nennt ihr mich nicht mehr Gunnar in diesen vier Wänden, sondern ausschließlich „Gun", sagt es!" Englisch ausgesprochen, wie das Gewehr und absolut zu ihm passend. Er schaute mir mit all seiner männlichen Kraft tief in meine liebenden Augen. „Ja, Gun, ich gehöre dir." Er ging auf Farahs Seite und sie wiederholte mit hingebungsvoller Stimme meine Worte. „Ja, Gun, ich gehöre dir." „Dann werde ich euch jetzt belohnen", sagte er, kam zuerst zu mir und kniete sich auf den Boden. Danach umfasste er meinen Hintern mit beiden Händen und zog mich mit einem starken Ruck an den Rand des Stuhls. Danach gab er mir einen ausdauernden Zungenkuss zwischen meine Beine, unweigerlich musste ich laut aufstöhnen. Als er sich von mir löste forderte ich ihn auf fortzufahren, doch ich bekam nur einen strengen Blick von ihm. Er legte seinen Zeigefinger auf seine Lippen und ich gehorchte und war still. Doch meine Hand ging zwischen meine Beine, was ihm nicht gefiel und er schüttelte erneut den Kopf, nahm meine Hände und fixierte sie an der Stuhllehne. Mir gefiel was er tat und ich konnte es kaum erwarten mehr von ihm zu bekommen, doch jetzt war Farah an der Reihe. Mein Stuhl wurde immer feuchter, als ich ihr Stöhnen hörte. Farah bekam nicht nur einen Kuss, er leckte meine Seelenverwandte bis zum Höhepunkt. Sie schrie laut auf vor Lust, und er wies sie an, sich nicht zu bewegen sowie ihre Hände da zu lassen, wo sie gerade waren. Endlich kam er wieder zu mir und löste zuerst meine Fesseln, bevor er mir einen unvergesslichen Orgasmus bescherte. Danach schenkte er uns noch einen Sekt ein. Er lächelte, bevor er das Wort wieder an uns richtete. „Ich werde dafür sorgen, dass ihr immer gut kommen werdet. Dafür verlange ich aber eine Gegenleistung. Ab sofort werdet ihr jeden Tag pünktlich um neunzehn Uhr bei mir erscheinen, es wird noch einige Lektionen dauern, bis ich es euch anständig besorgen werde. Seid pünktlich, sonst lege ich euch übers Knie! Nun zieht euch an und geht!"

Das ist jetzt etwa zehn Jahre her, aber ich kann mich noch genau an jede seiner Lektionen erinnern. Farah und ich haben beide im Palasthotel gelernt und arbeiten bis heute dort. Hundertzweiundvierzig

Zimmer sowie neun Suiten bringen eine Menge an verschiedenen Tätigkeiten mit sich. Farah ist mittlerweile aufgestiegen zur Rezeptionistin, während ich inzwischen Barkeeperin und Barista bin. Wir haben schon so manchen, teilweise heimlichen Spaß in unserem Palast gehabt. Neben unseren Jobs im Palasthotel verkaufen wir unsere Körper an reiche Touristen wie auch Inselbewohner. Gunnar hat uns eine allumfassende Ausbildung beschert. Wir sind fast immer pünktlich zu um neunzehn Uhr bei Gunnar erschienen und haben dadurch unser Handwerk von Tag zu Tag besser erlernt.

Als wir zum dritten Mal in die gute Stube Guns traten, lagen dort Bananen und Präservative auf dem Tisch. In der Mitte des Raums standen an diesem Tag zwei Stühle nebeneinander. „Macht euch obenrum frei!", befahl er uns mit lauter Stimme. Der Anblick unserer Brüste erregte ihn und er fasste sich in den Schritt. „Ja, ihr seid diese Ausbildung absolut wert", meinte er nur, während er uns jedem eine Banane reichte. „Jetzt werdet ihr ganz vorsichtig die Schale öffnen. Haltet die Bananen gerade, damit sie ja nicht abbrechen!" Danach forderte er uns auf, die Früchte vorsichtig in unseren Mund zu schieben, ohne sie zu beschädigen. Zur Unterstützung holte er seinen Laptop und spielte uns ein Tutorial vor. „Das dauert genau fünfzehn Minuten. Ich werdet genau das tun, was sie dort zeigen, ich bin gleich wieder da. Habt ihr das verstanden?" Farah nickte, dabei brach ihre

Banane ab. Zum Glück kommentierte er das nicht und reichte ihr stattdessen eine neue. Wir schauten danach konzentriert auf den Bildschirm und übten fleißig, doch nach etwa zehn Minuten mussten wir lachen und fingen an uns leise zu unterhalten. Niemals hätten wir damit gerechnet, dass Gunnar plötzlich hinter uns steht, er war von der Küche aus und von uns unbemerkt zurück in die Stube gelangt. Er griff uns hart in die Haare und zog unsere Köpfe zurück. „So, wenn ihr meint, dass ihr nicht mehr lernen müsst, weil ihr schon alles könnt, dann beweist es mir!" Er ließ unsere Haare los, stellte sich vor uns und öffnete seine Hose. Heraus kam ein für uns derzeit riesig wirkender erigierter Schwanz. Erschrocken starrten wir ihn an, trauten uns jedoch weder etwas zu sagen, noch etwas zu tun. Gun stellte sich dicht vor mich hin und fasste mir erneut in die Haare. „Zeig mir, was du gelernt hast", sagte er und ich öffnete meinen Mund. Sein Glied drang in meinen Mund ein, erst nur ein paar Zentimeter und dann wieder hinaus. Immer schneller und tiefer steckte er mir seine Manneskraft zwischen meine Lippen. Ich musste würgen und kurz bevor es schiefgehen würde, ließ er von mir ab und machte bei Farah dort weiter, wo er bei mir aufgehört hatte. Auch sie musste irgendwann würgen, kurze Zeit später stand er da, direkt vor uns mit seinem Schwanz in der Hand und stimulierte sich mit schnellen Bewegungen. „Das ist das letzte Mal, dass ich das selbst tun werde, in Zukunft ist das eure Aufgabe, dazu kommen wir morgen". Kaum hatte er das ausgesprochen schleuderte er uns sein Sperma entgegen, auf unseren nackten Brüsten bildete sich ein nasser, klebriger Film. „Nicht wegwischen, bleibt genau so!" Gun verließ den Raum und kam innerhalb weniger Sekunden mit einer Fotokamera wieder. Es dauerte fast zwanzig Minuten bis er mit den Aufnahmen zufrieden war und die Kamera vorsichtig auf den Tisch legte. „Zieht euch ganz aus und kniet euch auf den Boden. Ihr habt euch eine Belohnung verdient." Ich kann heute nicht mehr sagen warum das damals so war, aber ich war überglücklich, als er diese Worte aussprach und kniete mich in freudiger Erwartung vor ihn hin. Mit einer schnellen Handbewegung entfernte er zuerst die Stühle, danach drehte er uns um, sodass unsere Hintern in seine Richtung zeigten. Zuerst ging er zu Farah und zog ihre Beine weit auseinander, gerade so, dass sie noch einen sicheren Stand hatte. Mir befahl er ein Stück weiter nach rechts zu kommen und positionierte mich dann ebenfalls wie zuvor Farah. „Bewegt euch ja keinen Millimeter, ich werde gleich zurück sein!" Mein Herz fing an zu rasen, als er kurze Zeit später in Lederbekleidung vor uns stand. Ich war bis jetzt nie wieder so fasziniert von einem Mann in Lack und Leder wie damals. „Ich will jetzt nichts von euch hören, daher werde ich euch für den Moment knebeln. Ich bin mir sicher, dass es nicht lange dauern wird, weil es euch sehr gut gefallen wird, was ich gleich mit euch machen werde. Vorher muss ich euch jedoch disziplinieren für euer Fehlverhalten. Da stimmt ihr mir doch zu?" Wir nickten und er steckte uns einen Knebel in den Mund, an den Seiten hingen jeweils zwei Lederriemen herunter, die hinten am Kopf geschlossen wurden. Heute weiß ich, dass es auch wesentlich härter geht. Gun war damals gnädig mit uns, trotzdem war es eine komplett neue Erfahrung für uns unerfahrene, verliebte junge Frauen. Danach nahm er eine Art Peitsche mit sehr kurzem Stiel in seine rechte Hand und verschwand damit hinter uns. Ich spürte einen Schmerz zwischen meinen Schenkeln sowie auf meinem Hintern und hörte gleich darauf Farahs unterdrückten Aufschrei. „Das war für euren Ungehorsam! Jetzt kommt die Belohnung für eure treue Ergebenheit." Kaum hatte er das ausgesprochen spürte ich seine kraftvolle Hand zwischen meinen Beinen. Bis heute habe ich niemanden mehr kennengelernt, der diese Art der weiblichen Befriedigung besser beherrscht als Gunnar. Er spielte mit unserer Klitoris als hätte er jahrelang nichts anderes getan. Dabei drang er von Zeit zu Zeit ein bis zwei Zentimeter mit seinen Fingerspitzen in uns ein, was mich damals völlig rasend machte, weil ich mehr von ihm wollte, doch das ließ er nicht zu. Wir kamen beide heftig und er löste daraufhin umgehend unsere Knebel. „Zieht euch wieder an und setzt euch zu mir auf die Couch!" Das taten wir und Gun steckte jeder von uns einen wirklich großen Schein in den Ausschnitt. Verwundert schauten wir ihn an. „Das habt ihr euch heute verdient. Glaubt nicht, dass das jetzt immer so sein wird, lasst euch überraschen! Geht nun nach Hause, wir sehen uns morgen pünktlich um neunzehn Uhr wieder!" Ich glaube, er wusste ganz genau, wie es um uns stand, wir waren ihm hörig und taten alles für ihn.

Zu Hause angekommen setzten wir uns noch für ein paar Stunden in die Küche und redeten. Ich kann mich an dieses Gespräch auch heute noch ebenso gut erinnern, wie an unsere Lektionen durch Gun. Wir ahnten damals beide, worauf unsere sexuellen Spielchen hinauslaufen würden. „Raija, ich glaube er will uns zu Huren machen, und wir haben zugestimmt." „Ja, Farah, das glaube ich mittlerweile auch. Wir müssen uns jetzt wehren, wenn wir nicht weiter machen wollen. Noch haben wir die Chance auszusteigen. Wenn ich nur wüsste, was das Beste für uns ist? Ich bin mir so unsicher, was ich wirklich will. Gunnar ist so ein toller Mann. Er ist streng, aber auch liebenswert, mich fasziniert seine Art. Ich habe mich in ihn verliebt. Vielleicht können wir tatsächlich so viel Geld verdienen, dass wir uns irgendwann ein paar Ferienwohnungen kaufen können. Das wäre doch fantastisch. Was meinst du?" Farah liefen ein paar Tränen die Wangen herunter und sie schluchzte: „Ich will doch eigentlich später mal heiraten und Kinder kriegen aber bestimmt keine Nutte werden." Ich nahm sie in den Arm und wir weinten beide eine Weile bis wir unser Gespräch fortsetzten. Das Geld reizte uns sehr und dann war da noch etwas anderes, etwas viel Dominanteres, das war unsere Gier nach Befriedigung durch Gun. „Was machen wir denn nun, Raija? Wir müssen mit Gunnar Eriksson, unserem Nachbarn, sprechen. Er soll ganz ehrlich zu uns sein und mit offenen Karten spielen. Ich will alles wissen, alles!" Farah hatte Recht und ich stimmte ihr zu. „Nächstes Jahr haben wir unseren erweiterten Schulabschluss, die höhere Schule will ich unbedingt beenden. Auch will ich Amelug nicht verlassen, ich bleibe hier! All das müssen wir mit Gunnar besprechen. Wie machen wir das, Farah?" Wir sprachen bis spät in die Nacht hinein und tranken eine Tasse Tee nach der nächsten, bis uns eine Idee kam. „Ich hab's, wir laden ihn morgen Mittag zum Essen ein. Er hat doch gesagt, dass er dieses Wochenende frei hat." „Ja, Farah, hier in unserem Haus sind wir die Chefs." Kaum hatten wir das ausgesprochen, klopfte es kurz nach zwei Uhr nachts an unserer Haustür. Der Bewegungsmelder war angegangen und wir sahen Gunnar in T-Shirt und Jogginghose vor der Tür stehen. Ich öffnete ihm und er kam gleich hereingestürmt. „Ist etwas passiert? Geht es euch gut oder warum seid ihr noch wach?" Farah musste ihren ganzen Mut zusammengenommen haben, denn ich traute mich in diesem Moment nicht, ihn anzusprechen. „Gunnar komm in die Küche, wir haben Probleme!" „Was ist los, Süße?", fragte er mit bezaubernd sanfter Stimme. Wir setzten uns und unser Nachbar bekam auch einen

Tee. Ich vergaß in diesem Moment schon wieder alles, über das wir eben noch geredet hatten und starrte ihn stattdessen nur verliebt an. Was für ein Glück, dass Farah bei klarem Verstand geblieben ist. „Wenn wir dir weiterhin bedingungslos gehorchen sollen, müssen wir mit offenen Karten spielen. Wir gehen auf die höhere Schule, du weißt das." Sie redete so schnell, dass Gunnar gar nicht dazu kam, ihr ins Wort zu fallen. Offenbar wusste er, was in dieser Situation alles für ihn auf dem Spiel stand. „Sag uns jetzt, was du genau mit uns vorhast. Erkläre uns detailliert, wie unsere Ausbildung fortgesetzt wird. Wenn wir deine Huren werden sollen, wollen wir nicht nur von dir geliebt und beschützt werden, sondern auch wissen, wie die Konditionen für uns aussehen. Ganz wichtig für uns ist, dass wir auf der Insel bleiben dürfen." Dann war Farah still. Mit ihrem roten Kopf und schwer atmend saß sie da und wartete auf eine Reaktion. Es dauerte ein paar lange Sekunden, bis Gunnar sich uns mitteilte. Er nahm unsere Hände und küsste sie. „Ich liebe euch und ich werde gut für euch sorgen. Kommt morgen schon um achtzehn Uhr, ich lade euch zum Essen ein, bevor ihr viel Spaß haben werdet. Dann beantworte ich euch auch eine ganze Stunde lang eure Fragen. Danach ist dann aber Schluss damit, wir haben noch viel vor uns." Wir erhoben uns und begleiteten ihn zur Tür. Er gab erst mir einen ausdauernden Zungenkuss, danach folgte Farah. Seine Hose beulte sich deutlich nach vorne aus und ich fasste ihm ohne nachzudenken in seinen Schritt. Er stieß mich nicht weg, sondern ließ meine Berührungen für einen kurzen Moment geschehen und zwar genau solange wie der ausdauernde Kuss zwischen Farah und Gun dauerte. Er zwinkerte mir sogar zu, als er unser Haus verließ. Wir waren überwältigt von den Ereignissen dieses langen Tages und gingen ohne Umweg in unsere Betten.

Wenn ich jetzt darüber nachdenke, bin ich mir nicht sicher, ob wir damals die richtige Entscheidung getroffen haben. Heute sind wir wohlhabend und für unseren Ruhestand ist einigermaßen vorgesorgt, doch der Preis für diesen Zustand war hoch und wir wurden unserer Illusionen und Träume beraubt. Sicherlich, die meisten anderen Huren auf dieser Welt hätten zu jeder Zeit mit uns die Rollen getauscht, hätten sie die Chance dazu erhalten. Das wissen wir und dafür sind Farah und ich jeden Tag unseres sexuell aktiven Lebens dankbar.

Als wir nun zu unserer Einladung zum Essen gingen, wussten wir nicht, was uns erwarten würde. Farah war fest davon überzeugt, für unsere Rechte zu kämpfen. Ich war Gunnar gegenüber eindeutig die Schwächere von uns zweien. Er empfing uns in Anzug und Krawatte, wahrscheinlich seiner Arbeitskleidung im Palasthotel sehr ähnlich. Überrascht schauten wir ihn an. „Meine Damen, herzlich willkommen!" Er wies uns zwei Stühle am Esstisch zu und klatschte danach zweimal in die Hände. Ein Koch erschien und servierte uns einen Aperitif, einen Kir Royal und entfernte sich danach umgehend wieder in Richtung Küche. Gunnar erhob sich und wurde zu Gun. „Für euch ist mir nichts zu schade." Er prostete uns zu und wir tranken unseren Aperitif zügig aus. Danach klatschte er erneut in die Hände und der Koch erschien mit einer Weinprobe für den Hausherrn. Gun nickte und uns wurde ein Glas Weißwein eingeschenkt. Damals konnten wir einen guten Wein noch nicht von einem schlechten unterscheiden, heute sieht das ganz anders aus. Jedenfalls ging dieses zweite Glas Wein langsam in unsere Blutbahn und lockerte unsere Anspannung von Schluck zu Schluck mehr. „Ich will euch auf eure Fragen antworten", sagte er, „doch vorher möchte ich euch küssen. Ist euch das recht?" „Ja, sehr", antwortete ich und er beugte sich über den Tisch und steckte mir seine Zunge kraftvoll in den Mund. Farah zog ihren Kopf völlig unerwartet zurück, als er auch sie küssen wollte. Das hätte ich mich damals nie getraut. „Nein!", sagte sie laut und deutlich. „Ich will erst wissen, was uns erwartet." Er erhob sich und ging in die Küche, als er zurückkam, schloss er die Küchentür. „Farah, du machst mich ganz heiß. Deine Widerworte würden normalerweise noch eine Spezialbehandlung von mir nach sich ziehen. Doch heute ist das anders, nur heute, merkt euch das!" Ich fing an zu weinen und er kam daraufhin zu mir und nahm mich kurz in den Arm, im Anschluss trocknete er mir die Tränen und sagte dann.

„Mit euch beiden, mit dir Raija, wie auch mit dir, Farah, habe ich Großes vor. Ich werde euch immer so gut beschützen, wie es mir möglich ist. Ja, ihr seid meine Huren. Wenn die Zeit gekommen ist, werde ich euch verkaufen, wieder und immer wieder, bis wir reich und ihr zu alt für das große Geschäft seid. Ihr werdet euch alles leisten können, worauf ihr Bock haben werdet. Schmuck, Kleidung, vielleicht ein Boot oder auch eure ersehnte Ferienwohnung, von der ihr mir erzählt habt. Ich werde immer ehrlich zu euch sein, auch wenn diese Ehrlichkeit euch des Öfteren verletzen wird. Meine Liebe zu euch ist aufrichtig, aber nicht bedingungslos, wie die eure mir gegenüber. Ich versuche eure Körper so gut wie möglich zu schützen, doch in diesem, euren neuen Beruf, wird es immer mal wieder hoffentlich nur kleinere Blessuren geben. Ich habe für euch nächsten Sommer zwei Ausbildungsplätze im Palasthotel zu Hotelfachfrauen klar gemacht, was sagt ihr denn dazu?" Wir waren im ersten Moment begeistert, doch wie sollte das zusammenpassen? „Wie passt das zusammen Gun?", fragte ich neugierig. „Oh, das passt hervorragend und außerdem habt ihr für später eine Perspektive. Lasst mich nur machen, ich bin euer Manager." „Wieviel Geld bekommen wir denn nun ab?" Farah war an diesem Tag so mutig, ich bin ihr immer noch sehr dankbar dafür. „Du kleines Biest", sagte Gun und zwinkerte ihr zu. „Wahrscheinlich mehr, als alle anderen Prostituierten in diesem Land zusammen verdienen. Ich gebe euch dreißig Prozent aller Einnahmen, die ihr erwirtschaftet, das sichert eure Zukunft. Und was für euch noch ganz wichtig sein sollte ist die Frage nach der Insel. Ja, ihr bleibt für immer auf dieser Insel und müsst hier nicht weg. Ihr werdet immer in meiner Nähe bleiben. Aber eines noch," er stand auf und kam zu uns. „Die nächsten fünfzehn Jahre gehört ihr mir. Ihr werdet das tun, was ich sage und es wird euch sehr gut gehen. Eure Ausbildung dauert insgesamt noch gute zwei Jahre, was nicht heißen soll, dass ihr nicht schon früher für mich arbeiten werdet. Eure Schule werdet ihr gut beenden, um eure Ausbildungsplätze im Palast nicht zu gefährden. Bis ihr soweit seid, und ich bestimme, wann das sein wird, werdet ihr enthaltsam leben und auf keine Party gehen, auf der ich nicht auch anwesend sein werde. Mein Sohn Androsz weiß nichts von unserer Beziehung und das soll auch so bleiben! Der Koch wartet auf mein Kommando, um den Krabbencocktail zu servieren. Habt ihr noch eine Frage?" Ich hatte noch eine für mich sehr wichtige Frage. „Gun, ich kann es kaum mehr aushalten, wann entjungferst du uns denn endlich?" „Oh, meine Süße, ich habe euch versprochen immer ehrlich zu euch zu sein. Das fällt mir in diesem Moment besonders schwer, aber ich werde nicht der Mann sein, der euch entjungfert, das wird euer erster Freier sein!" Wieder liefen die Tränen, doch dieses Mal kam er nicht zu mir, um mich zu trösten. Stattdessen redete er Klartext mit uns. „Eure Jungfräulichkeit ist auf dem Markt das höchste Gut und somit auch das am teuersten bezahlte. Ihr seid noch lange nicht soweit. Ich werde euch alles beibringen, was in meiner Macht steht, um euch bestmöglich auf dieses Ereignis vorzubereiten. Auch werde ich nicht unweigerlich den Interessenten auswählen, der die höchste Summe für euch bietet. Ich werde euch Männer mit gutem Ruf auswählen, damit ihr unbeschadet zu mir zurückkommt. Von dieser Provision allein werdet ihr eine Anzahlung auf eine Ferienwohnung leisten können. Aber danach miete ich euch für eine Woche die Palastsuite und wir werden Champagner trinken und hervorragenden Sex haben, das verspreche ich euch." „Haben wir Bedenkzeit?" Farah war wieder die mutigere von uns beiden. „Ein Abendessen lang", sagte er und ging in die Küche. Danach wurde uns der versprochene Krabbencocktail serviert. Der Koch schien nicht begeistert über die unerwartete Verzögerung zu sein, doch aus den Augenwinkeln bekamen wir mit, dass Gun ihm mehrere Scheine zusteckte, woraufhin er nickte und zurück an seinen Arbeitsplatz eilte. Wir bekamen ein Sechs-Gänge-Menü, nur vom Feinsten. Kleine Portionen wurden serviert und wir waren begeistert, zumindest über dieses fantastische Abendessen. Der Nachtisch bestand aus einer winzigen Kugel Schokoladenmousse, darauf eine frische Erdbeere im Oktober auf Amelug, das war etwas ganz Besonderes. Nachdem der Koch gegangen war, öffnete Gun eine weitere Flasche Wein und schenkte uns ein. „Jetzt wird es für euch ernst." Er stand auf und schaute uns von oben herab an. „Farah, was ist mit dir, meine Schöne. Du bist schlau, wie hast du dich entschieden?" „Ich gehöre dir, Gun!" Er prostete ihr zu und sie fügte noch hinzu. „Für genau fünfzehn Jahre." Er ging nicht näher darauf ein und stellte mir nun ebenfalls diese zukunftsweisende Frage und ich antwortete ihm. „Ich schenke dir mein Leben, Gun. Pass gut auf mich und Farah auf!" „Das werde ich", sagte er und machte das Oberlicht aus, so dass der Raum nur noch vom Kaminfeuer und den Kerzen auf dem Esstisch erleuchtet war. Danach legte er eine Platte auf und wir tanzten wie am ersten Abend. Er knutschte wild mit uns und wir setzten uns erneut zu dritt auf sein Sofa. Dieses Mal öffnete er seine Hose und präsentierte uns seine Manneskraft. Er nahm meine rechte Hand und führte sie mit seiner Hand. Ich lernte auf diese Weise seine Begierde gut kennen. Nach ein paar Minuten nahm er Farahs Hand und machte dort weiter, wo er gerade aufgehört hatte. Sein verzerrter Blick wanderte zu mir. „Knie dich vors Sofa! Du wirst es gleich schlucken!" Er stöhnte und weil ich einen Moment gezögert hatte, war ich nicht schnell genug und er spritzte sein Sperma auf seinen geliebten Perserteppich. „Farah geh nach Hause! Jetzt!" „Es tut mir leid, das wird nicht wieder vorkommen", sagte ich zögernd. „Raija, bleib und bewege dich nicht, Du hast heute noch eine Menge zu tun!" Er verabschiedete Farah und kam mit finsterer Miene zu mir zurück. Er schmiss mir einen schwarzen Lackanzug vor die Füße. „Anziehen!" Ich war damit überfordert, überall hingen Gurte und ich wusste nicht wie das Teil angezogen wird. Gun kam mir zur Hilfe, zum Glück war seine Stimmlage jetzt wieder sexy und sachlich. „Raija, das darf dir im wahren Leben nicht passieren. Du musst auf die Wünsche deiner hochbetuchten Kunden eingehen, ohne zu zögern, um in diesem Geschäft eine Chance zu haben. Ich werde dich jetzt fest verzurren und knebeln. Deine Hände bleiben frei, denn du wirst gleich ganz vorsichtig meinen Teppich reinigen müssen. Wenn irgendetwas ganz und gar nicht auszuhalten ist, klopfst du mit deiner linken Hand dreimal deutlich auf den Boden und ich löse deine Fesseln. Hast du das verstanden?" „Ja, Gun, ich tue alles, was du willst." „Braves Mädchen!" Danach zog er zuerst den Knebel fest, deutlich fester als beim ersten Mal. Überall spürte ich Riemen und Ketten, ganz besonders deutlich zwischen meinen Beinen. Er gab mir Putzmittel und Lappen sowie die genaue Anweisung zu putzen. Ich gehorchte und säuberte Zentimeter für Zentimeter seinen geliebten Teppich. Nach einer halben Stunde erlöste er mich wieder und befreite mich von all diesen Ketten und Lederriemen. Als ich so nackt vor ihm stand bat er mich wieder sich neben ihn auf das Sofa zu setzen. „Du bekommst jetzt eine zweite Chance, gib alles!" Immer abwechselnd mit Hilfe seiner Hand wie auch ohne seine Hand wichsten wir seinen Schwanz bis es ihm erneut kam. Dieses Mal war ich schnell genug und bekam die volle Ladung in meinen Mund. Beinahe hätte ich mich übergeben müssen, leider hat Gun meine erste Abneigung gegen meinen gefüllten Mund bemerkt. „Spuck es aus! Das war gar nicht schlecht, wir werden das jetzt fast täglich wiederholen, bis du es perfekt beherrscht." Ich hatte gehofft, dass er sich danach um mich kümmern würde, stattdessen schickte er mich einfach nach Hause. „Morgen um neunzehn Uhr sehen wir uns wieder. Ach, ich habe hier noch ein kleines Geschenk für dich. Farah hat auch eins bekommen. Du wirst es dreimal benutzen bis morgen Abend und mir dann detailliert davon berichten. Geh jetzt!" Ich bekam keinen Kuss, den hatte ich mir an diesem Abend wohl nicht verdient.

Kaum hatte ich unsere Haustür geöffnet, hörte ich Farah schreien. Ich lief so schnell ich konnte die Treppe hinauf und riss ihre Zimmertür auf. Sie lag breitbeinig, nackt und klitschnass geschwitzt auf ihrem Bett und stöhnte. „Oh, sorry, Raija. Hast du auch einen bekommen?", fragte sie mich. „Einen was? Geht es dir gut?" Farah errötete und deutete auf das Päckchen, welches ich in meiner Hand hielt. „Öffne es und benutze das Teil! Ich habe schon zwei Mal!" Langsam ahnte ich, dass es sich wohl um ein Sexspielzeug handeln würde und ging ohne Umschweife und voller Vorfreude in mein Zimmer.

Obwohl ich eigentlich enttäuscht und sogar etwas wütend auf Gunnar war, hatte ich dieses starke Verlangen nach Befriedigung durch ihn, selbst wenn es nur durch das von ihm geschenkte Teil sein sollte. Ich riss die Verpackung auf, zum Vorschein kam ein violettfarbener Womanizer, ein pulsierendes Druckwellen erzeugendes „Lusttoy", so stand es auf der Packung. Ich war sofort fasziniert und wollte genau wissen, wie es funktioniert. So las ich mir zuerst die Gebrauchsanweisung genau durch, bevor ich mich in mein Zimmer einschloss, um es auszuprobieren. Ich war überwältigt von diesen starken Lustgefühlen, welche mich bei der Benutzung des Womanizers überkamen. Nach dem dritten Orgasmus säuberte ich das gute Teil und packte es ordentlich zurück in seine Verpackung, bevor ich es in meinem Kleiderschrank gut versteckte. An diesem Abend verließ ich mein Zimmer nicht mehr und schlief gegen zweiundzwanzig Uhr total erledigt ein.

Zu unserer Lektion am darauffolgenden Tag wollte Farah erst Viertel vor sieben nach Hause kommen. Sie kam direkt von einem Treffen mit zwei Klassenkameradinnen. Farah hatte sich freiwillig für ein gemeinsames Referat über die Meeresströmungen im Nordostatlantik gemeldet. Als sie zehn vor sieben immer noch nicht zu Hause eingetroffen war, machte ich mir Sorgen. Nicht etwa, dass ihr etwas passiert sein könnte, nein, aber die zu erwartende Reaktion von Gun auf ihr eventuelles Zuspätkommen, machte mir

Angst. Er war dabei, uns zu erziehen, wie er es nannte. Bedingungslos hatten wir zu gehorchen und wurden dafür großzügig belohnt, doch leisteten wir uns Fehlverhalten, in welcher Form auch immer, wurden wir dafür bestraft. Je länger wir seine Sklavinnen waren, nichts anderes waren wir in dieser Zeit, um so härter fielen unsere Bestrafungen aus. Er hatte uns immer wieder gepredigt, wie wichtig es für uns sei, unsere devote Seite perfekt zu beherrschen und auf alle Arten der Bestrafungen vorbereitet zu sein. Später lehrte er uns ebenfalls die dominante Seite zu beherrschen, aber zu diesem Zeitpunkt waren wir noch lange nicht soweit. Verunsichert ging ich an diesem Abend allein zu unserem Treffen. Gun öffnete mir mit zwei Blumensträußen in seiner Hand die Tür, doch seine Mimik veränderte sich von einer Sekunde auf die andere, als er sah, dass ich allein vor ihm stand. „Wo ist Farah? Ist etwas passiert? Was ist los?" Angstvoll antwortete ich ihm, so gut ich das konnte. „Das weiß ich nicht genau, Gun. Sie musste heute mit zwei Klassenkameradinnen ein Referat vorbereiten, vielleicht hat es länger gedauert. Sie wird sicherlich gleich hier sein." „Gut, das klären wir dann später." Er war sichtlich um Fassung bemüht und ich hatte große Angst etwas falsch zu machen, um ihn nicht noch mehr zu reizen. Die Blumen brachte er in seine Küche und holte zwei Flaschen Bier, eigentlich ungewöhnlich für ihn, doch er lächelte mich liebevoll an, während er mir zuprostete und ich war wieder

30

glücklich. „Mir ist heute danach, dass du mir einen Blasen wirst. Vorher schaust du dir wieder ein Tutorial an." Er verließ für einen Moment die Stube und ich schaute auf die Uhr, es war schon zehn Minuten über unserer vereinbarten Zeit und ich fing an, mir über Farah Sorgen zu machen. Dann erschien Gun im Raum, in der einen Hand hielt er seinen Laptop, in der anderen einen Dildo. „Zum Üben!", sagte er und stellte ihn vor mich auf den Couchtisch. „Sei brav und pass gut auf, damit du mich nachher anständig befriedigen kannst!" Er startete den Film und verließ das Zimmer. Ich tat, was er mir aufgetragen hatte und gab mir dabei große Mühe, es gut zu machen. Nach ein paar weiteren Minuten hörte ich Stimmen im Flur, offenbar war Farah eingetroffen, viel zu spät und leicht lallend. „Auch das noch, sie ist betrunken", dachte ich und bearbeitete dabei heftig den Dildo mit meinen Lippen und meiner Zunge. Kurze Zeit später kam Gun wieder zu mir in den Raum. „Das reicht, wie ich sehe", sagte er und öffnete seine Hose. „Nimm ihn in den Mund und mache ihn groß!" Ich gab mir große Mühe, doch es wollte ihm nicht kommen und die nächsten Minuten wurden sehr lang für mich, bis er mich erlöste und anfing direkt vor meiner Nase zu wichsen. „Wenn ich sag, nimm ihn in den Mund, dann tust du das und saugst einmal kräftig daran!" Ich tat es und er stöhnte lustvoll, während er in meinen Mund spritzte. „Streck die Zunge heraus!", befahl er mir und ich tat, was er verlangte. „Nun

31

schluck es runter!" Ich tat auch das und zu meiner Verwunderung musste ich gar nicht würgen und strahlte ihn an. „Das war sehr gut, sagte er und er zog mich zu sich hoch auf das Sofa. Diesmal kniete er vor mir, denn er hatte mich der Länge nach auf der Couch drapiert und küsste mich danach vom Hals angefangen abwärts, bis zu meinen Zehen. Er knutschte mit mir und befummelte meine Klitoris ausgiebig, bis auch ich meinen Höhepunkt hatte. Er bat mich danach, mich wieder anzuziehen, während er in der Küche verschwand. Kurze Zeit später kam er mit einem Tablett und einer sich darauf befindlichen Teekanne samt zwei Bechern wieder. „Ich will nicht, dass ihr zu Alkoholikerinnen werdet. Ein oder vielleicht zweimal die Woche wird es in Zukunft ein gutes Tröpfchen geben, aber nicht mehr. Farah kam vorhin betrunken hier an. Ich hätte sie schlagen können, das wollte ich aber nicht. Dafür hat sie morgen eine Einzelstunde und ich werde sie richtig drannehmen, damit sie zu gehorchen lernt." Ich drückte seine Hand und er lächelte sogar kurz, bevor er seine Geldbörse öffnete und mir seine Kreditkarte hinhielt. „Kauf dir etwas Schönes zum Anziehen und bezahl damit. Die Karte kannst du mir übermorgen wieder mitbringen. Außerdem kannst du noch für euch beide Lederstiefel und High Heels mitbestellen." „Danke", sagte ich zögerlich und er drückte mich zum Abschied. Über den Womanizer hatten wir gar nicht gesprochen.

Als ich an diesem Abend nach Hause kam, erwartete mich Farah in der Küche sitzend, an einem Glas von Omas altem Likör nippend. Ich musste mich unweigerlich schütteln. „Igitt, der ist doch uralt. Wieso bist du nicht pünktlich gewesen? Gun ist wütend auf dich, das wird er dich morgen spüren lassen." „Hoffentlich zwischen meinen Beinen", sagte sie grinsend. „Er wird dir bestimmt wehtun, du musst dich entschuldigen! Und hör auf zu trinken! Wir wollen doch keine Alkoholikerinnen werden. Geh schlafen, Farah! Morgen früh reden wir." Das taten wir dann auch ausgiebig, zum Glück war Farah einsichtig und es tat ihr alles sehr leid. Mein Argument mit den Ferienwohnungen, welche auf dem Spiel standen hatte gewirkt. Als ich ihr dann auch noch erzählte, dass ich die Kreditkarte von Gun bekommen hatte und mir etwas Schönes kaufen durfte, war sie ganz neidisch. Als ich ihr dann aber von den Schuhen erzählt habe, wurde sie wieder entspannter. „Was kann ich denn tun, um ihn zu versöhnen?" Wir überlegten gemeinsam und kamen zu dem Schluss, dass die Bestrafung wohl nicht so stark ausfallen würde, wenn Farah sich ihm gleich reumütig und unterwürfig präsentieren würde. Ich ging einfach mit, wir dachten, dass die Bestrafung dadurch nicht so heftig ausfallen würde. Leider war das Gegenteil der Fall. Als er uns beiden die Tür öffnete blitzten seine Augen. „Raija, das ist aber sehr ungezogen von dir, heute hier zu erscheinen. Mach dich untenrum frei

33

und setz dich auf den Holzstuhl hinten in der Ecke!"
Ich hörte noch, wie er Farah begrüßte, bevor ich in die
Stube ging. „Farah, hast du mir etwas zu sagen?" „Ja,
Gun, es tut mir sehr leid und wird nicht wieder
vorkommen. Ich werde in Zukunft keinen Alkohol
mehr trinken, außer du gibst mir welchen. Bitte
bestrafe mich, aber sei nicht zu streng mit mir!" Seine
Antwort konnte ich leider nicht mehr verstehen, als
ich mich in die hintere Ecke der Stube begab. Hier
stand ein Stuhl, mit der Lehne zum Raum hin. Ich zog
mich unten herum aus und setzte mich hin, um die
Wand anzustarren. Erst jetzt fiel mir auf, dass es heute
fast dunkel in diesem Raum war. Nur eine
Rotlichtlampe ließ auf das schließen, was Gun
vorhatte. Ich wartete mehrere Minuten, doch keiner
kam. Später habe ich dann von Farah erfahren, dass er
sie mit in den Keller genommen hat, um sie dort zu
züchtigen. Sie berichtete mir, dass es einerseits sehr
schmerzhaft für sie gewesen sei, andererseits auch
extrem erregend. Gun hat sie während der
Züchtigungsprozedur zweimal kommen lassen.
Danach wurde sie verzurrt und er hat ihr bis zu
seinem Höhepunkt in ihren Mund gefickt.
Irgendwann habe ich es auf meinem Stuhl nicht mehr
ausgehalten und habe mich ein wenig im Raum
umgesehen. Was mir vorher gar nicht aufgefallen war,
auf dem Tisch lagen verschiedene Dildos, Gleitmittel
und schwarze Folie. In dem Moment, als ich die Dinge
betrachtete, kam Gun zur Tür herein. Er war allein

und alles andere als erfreut, über meine Neugier. „Nun Raija, dein Ungehorsam nimmt ja gar kein Ende. Was mache ich denn jetzt nur mit dir?" „Kann ich dir vielleicht einen blasen?", fragte ich dreist, doch er antwortete schroff. „Das hatte ich gerade schon, komm her zu mir!" Er setzte sich auf einen der Esszimmerstühle und legte mich über seine Oberschenkel, danach bekam auch ich meine Bestrafung und gleichzeitig Befriedigung von ihm. Damals war ich meinem Gun so dermaßen verfallen, dass ich fast alles mit mir hätte machen lassen, nur um in seiner Nähe zu sein sowie seine Berührungen zu spüren.

Als wir am nächsten Abend pünktlich zu unserer Lektion erschienen, begrüßte er uns mit einem breiten Grinsen. Wir lächelten in erwartungsvoller Vorfreude zurück. „Wie schön, dass ihr gut gelaunt und pünktlich hier eintrefft", meinte Gun, während er schwungvoll die Tür öffnete. Der Esstisch war gedeckt. Gun hatte einen Salat für uns zubereitet. Drei unterschiedliche Weinflaschen standen geöffnet auf dem Tisch. „Es kann euch nur weiterhelfen, wenn ihr den richtigen Umgang mit den unterschiedlichsten Weinen zu verstehen wisst. Wer weiß, vielleicht arbeitet ihr eines Tages im Restaurant oder auch an der Bar des Palastes. Lasst uns anfangen, eure Zungen auch in diese Richtung zu schulen!" Er lächelte uns immer noch freudestrahlend an. „Ihr fragt euch vielleicht, warum ich so extrem gut gelaunt bin? Das kann ich euch sagen, ich habe heute eine Kolleginnen von euch in Reykjavik teuer verkaufen können, sehr teuer." Unsere Minen verfinsterten sich schlagartig und Gun lachte daraufhin laut los. „Keine Angst, meine Süßen, ihr bleibt hier bei mir. Aber durch euch habe ich nun weniger Zeit, mich um eure Kolleginnen zu kümmern und daher beschlossen, sie gewinnbringend an andere Männer zu verkaufen. Ach, übrigens, Eifersucht gehört nicht in das Profil einer guten Hure!" Das mussten wir erst einmal verkraften und machten uns daran, die Weine intensiv zu testen. Tatsächlich schmeckten wir Unterschiede. Der Salat schmeckte auch, Gun musste sich richtig Mühe damit gemacht haben. „Androsz kommt über Weihnachten zu mir. Da ich in keiner Weise vorhabe, eure Ausbildung zu unterbrechen, werde ich eure Garage mieten und sie offiziell zu meinem Fotolabor ausbauen. Fragt eure Eltern, ob sie einverstanden sind. Ich lasse eine neue Tür einbauen und alles komplett isolieren. Ich zahle euch so viel, dass ihr davon eure gesamten Nebenkosten vom Haus tragen könnt." Er reichte uns sein Telefon, damit wir bei unseren Eltern anrufen könnten. Farah schnappte sich die Mobileinheit und hämmerte die Nummer meiner Tante in die Tasten. Ein kurzes herzliches Telefonat endete damit, dass Gunnar kurz noch freundlich mit seiner ehemaligen Nachbarin flirtete und alles Finanzielle sehr zur Zufriedenheit aller regelte. Trotzdem bestand er noch darauf, dass auch ich meine

Mutter anrufen solle. Mit meiner Mutter flirtete er mir etwas zu heftig, sodass ich mich sogar fragen musste, ob Gunnar wohl früher auch etwas mit meiner Mutter hatte? Ich konnte es mir nicht wirklich vorstellen, da meine Mutter sechs Jahre älter als Gun ist. „Ja," sagte er nach den Telefonaten und schaute uns dabei direkt in unsere Augen, „eure Mütter waren fast genauso schön wie ihr jetzt. Damals konnte ich einiges von ihnen lernen!" Mir fiel mein Glas aus der Hand, so geschockt war ich über seine Worte. Farah musste tatsächlich darüber lachen und Gun stimmte mit ein, während er mit einem Küchentuch versuchte den Wein davon abzuhalten, auf seinen geliebten Teppich zu kleckern. „Lassen wir das Thema einfach für immer ruhen. Seid ihr damit einverstanden?" Wir nickten beide und er füllte mein Glas erneut, bevor er uns zuprostete. „Sagt mal, wir hatten gestern gar keine Zeit über eure Geschenke zu sprechen", er zögerte einen Moment. „Vorher muss ich noch schnell eine weitere Sache mit euch klären. Wie geht es denn deinem Hintern heute Farah?" „Ich werde versuchen immer folgsam zu sein. Ich musste mich nach der ersten Stunde in der Schule heute krankmelden, weil ich nicht mehr sitzen konnte." „Hast du das etwa genau so gesagt?", fragte Gun entsetzt. „Nein, natürlich nicht. Mein Magen war der offizielle Grund." „Und du? Auch alles gut überstanden?" „Ja, sagte ich, ich kann noch gut sitzen." „Nun nochmal zu meiner ersten Frage. Ward ihr brav und habt euer neues Spielzeug mindestens dreimal benutzt?" „Sieben Mal, ich hatte ja heute Vormittag genug Zeit zu kommen!" Farahs Antwort gefiel Gun ausgesprochen gut und er öffnete umgehend seine Hose und stellte sich vor sie. „Meine kleine geile Sau, zeig mir, wie geil du warst und blas meinen Schwanz!" So schnell war er noch nie zuvor gekommen. „Super, Farah, morgen kümmere ich mich ausgiebig um dich, Raija. Sei du doch bitte dann schon eine halbe Stunde eher hier. Lasst uns nun noch einen Wein probieren, aber nur ein kleines Schlückchen, dann reicht es für heute". Dieser Abend war eigentlich sehr lustig, nur das mit unseren Müttern bereitete mir noch ein paar Tage Probleme.

Zu Hause angekommen, suchte ich dann auch endlich im Internet nach sexy Kleidern und wurde bei einem großen Online-Versandhaus fündig. Die Stiefel und High Heels zeigte ich Farah, bevor ich sie bestellte. Wir suchten uns echt heiße Teile aus. Da wir beide die gleiche Kleidergröße hatten, ach ja, die Betonung liegt auf hatten, denn inzwischen ist es keine Sechsunddreißig mehr, habe ich für mich einfach drei wunderschöne Teile bestellt. Ich dachte, dass ich auf diese Art Farah mit einkleiden kann. Die Bezahlung mit der Karte war leicht und Gefallen hatte ich auch daran gefunden. Morgen, wenn ich zu meiner persönlichen halben Stunde extra mit Gun gehen werde, bekommt er seine Karte zurück, dachte ich. Ich überlegte, was er wohl mit mir vorhätte, diese

Gedanken veranlassten mich unverzüglich meinen Kleiderschrank zu öffnen und mein Geschenk heraus zu holen, um es dann gleich mehrfach zu benutzen.

Leicht abgehetzt erschien ich pünktlich um halb sieben bei Gun. Er öffnete die Tür nur einen kleinen Spalt und zog mich hinein. Es war fast dunkel im Flur und er hatte mich fest im Griff, das gefiel mir und ich wartete auf mehr, was ich dann auch bekam. Zuerst verband er mir die Augen und direkt im Anschluss knebelte er mich. Hören konnte ich ihn gut, denn er hatte an diesem Tag eine besonders strenge und laute Stimme. „Raija, ich bereite dich auch heute wieder auf dein kommendes Leben als Edelhure vor. Sei gehorsam, es wird später genug Freier geben, die genau das von dir verlangen! Wir gehen nun in den Keller, folge mir blind und verlasse dich auf meinen Arm, vertraue mir!" Er legte meine Hand auf seinen Arm und ich ging mit ihm ohne auch nur eine Stufe zu verfehlen die Treppe hinunter. „Sollte irgendetwas gar nicht gehen oder du Panik bekommst, schlage drei Mal mit deiner linken Hand. Aber, ich warne dich, das ist nur für den Notfall, solltest du zu früh aufgeben, wirst du morgen nicht mehr sitzen können!" Er öffnete eine Tür und wies mich auf eine kleine Stufe hin. Er befahl mir, mich nackt auszuziehen, daraufhin spürte ich einen dicken weichen Teppich unter meinen Fußsohlen. Er forderte mich auf, mich nach vorne über zu beugen und mit meinen Händen meine Scham weit auseinander zu ziehen, dabei hörte ich ein leises

Klicken. Von da an wusste ich genau, was er tat. Er fotografierte mich in vielen verschiedenen Positionen, als ich meinen Hintern auseinander zog stöhnte er einmal laut auf, bevor er erregt zu mir sprach. „Das wird nicht mehr lange dauern, bis ich dir dieses Loch stopfe!" Weiter sagte er nichts dazu, ich hätte so gerne mit ihm geredet, doch der Knebel in meinem Mund verhinderte jegliche Art von verbaler Kommunikation. Nach guten zwanzig Minuten waren wir fertig und gingen die Treppe wieder hinauf. Meine Kleidung nahm er mit in das immer noch stark abgedunkelte Wohnzimmer. Nachdem er mir die Augenbinde abnahm, sah ich all die Dinge von gestern immer noch genauso daliegen. „Farah kommt in genau sieben Minuten, das reicht, um mich bei dir zu bedanken", sagte er und legte sich auf den Fußboden. „Setzt dich auf mein Gesicht!" Sehr gerne kam ich seiner Bitte nach, im wahrsten Sinne des Wortes. Ich war zu der Zeit so immens glücklich darüber, wenn er mich befriedigte. Ich dachte fast schon vierundzwanzig Stunden täglich an nichts anderes mehr und ich bin mir auch ziemlich sicher, dass es Farah ebenso erging. Kaum war ich gekommen, klingelte es auch schon an der Tür. Freudestrahlend kam sie zur Tür herein und stutzte etwas, als sie meinen Knebel sah. „Oh, den habe ich ganz vergessen, Entschuldigung, Raija." Er nahm mir den Knebel ab und es tat mittlerweile tatsächlich etwas weh an meinen Mundwinkeln. Ich fasste dort an und Gun entschuldigte sich erneut dafür bevor er seine Befriedigung durch uns einforderte. „Heute, meine Süßen, heute werdet ihr meinen Schwanz melken. Ihr werdet ihn so richtig abmelken, bis kein Tropfen mehr übrig ist. Habt ihr das verstanden?" „Sehr gerne", Farah grinste ihn an, während sie sich auszog. „Habe ich gesagt, dass du dich ausziehen sollst? Bleib so, wie du bist. Ich will, dass ihr es mir gemeinsam besorgt. Raija, lecke meine Eier, aber ganz vorsichtig! Farah, du wirst mit dem Melken beginnen, so wie ich es dich gelehrt habe!" Es machte uns sogar richtig Spaß, ihm gemeinsam zu geben, worum er uns bat. Gun korrigierte ihre Handstellung zwischendurch zweimal, und wurde immer geiler und geiler. „Ja, ihr seid so gut. Ich werde euch ficken bis zur Bewusstlosigkeit!", schrie er, während er Farah auf das Shirt spritzte. Er packte ihre Hand und stöhnte weiter. „Das könnt ihr schon richtig gut. Wir machen jetzt eine kleine Pause, bis sich wieder genug Saft für euch gesammelt hat." Danach stellte er uns seinen Laptop hin und reichte uns jedem einen besonders dicken Dildo. „Auch das kann euch jederzeit begegnen, übt jetzt, die dicken Schwänze zu blasen!" Wir würgten uns einen ab und Gun schüttelte genervt seinen Kopf. Als das Video endlich zu Ende war, waren wir sehr erleichtert, doch er drückte erneut auf „Start" und gab uns mit seiner rechten Hand ein eindeutiges Zeichen diese für uns unangenehme Prozedur zu wiederholen. Tatsächlich klappte es beim zweiten Versuch schon etwas besser. Wir waren sehr erleichtert, als er den Laptop zuklappte. „So, für Morgen habe ich eine ganz besondere neue Erfahrung für euch vorbereitet, dazu dürft ihr bis morgen Abend nichts mehr essen und nur noch Wasser oder ungesüßten Tee trinken. Kann ich mich da auf euch verlassen?" Wir nickten und er lächelte. „Dann widmen wir uns für heute der zweiten und letzten Runde." Breitbeinig nahm er auf dem Sofa platz und öffnete seine Hose. „Rollentausch!", befahl er und wir gehorchten brav. Auch dieses Mal kam er genüsslich zum Höhepunkt. Er steckte uns beiden wieder einen großen Schein zu.

Kaum waren wir an diesem Abend zurück in unseren vier Wänden angekommen, schrie Farah auf: „Jetzt habe ich genug Geld für ein neues Notebook!" Sie tanzte in der Küche und ich freute mich mit ihr. „Was machst du denn mit deinem Geld?" Ich wusste es noch nicht und packte den Schein hinter das Bild von Androsz und mir als kleine Kinder im Sandkasten. Da fiel mir wieder ein, dass Gunnar uns gebeten hatte, die Garage dieses Wochenende noch zu leeren, unsere Gartenmöbel könnten wir in seinem Schuppen noch mit unterbringen. Kommende Woche wollte er anfangen zu renovieren, dafür hat er sich extra eine Woche Urlaub genommen. Farah und ich nahmen uns vor am nächsten Tag nach der Schule, alles für unseren neuen Mieter vorzubereiten, damit er sein „Fotolabor" einrichten könnte und kicherten dabei heftig. Das mit dem nichts Essen sollen erklärten wir uns mit einer Fastenkur. Natürlich hielten wir uns an seine Anweisungen, zu schmerzhaft waren seine Bestrafungen, wenngleich sie auch einen gewissen Reiz ausübten.

Als wir am nächsten Tag nach der Schule einen ersten Blick in unsere Garage wagten, waren wir erschrocken, was sich dort so alles angesammelt hat in den letzten Jahren. Gute zwei Stunden waren wir damit beschäftigt, alte Kartons zu sichten und zu sortieren. Ich konnte mich nicht zurückhalten und öffnete eine kleine Schachtel auf der dick und fett Mamas Namen stand. Früher hätte ich so etwas nie getan, doch nachdem Gunnar so mit ihr geflirtet hatte, wollte ich wissen, ob in dieser Schachtel vielleicht ein kleines Geheimnis versteckt war. Vorsichtig öffnete ich die eingestaubte, ehemals rosafarbene Schleife und entdeckte tatsächlich ein paar alte Briefe sowie auch Fotos. Die Briefe waren allesamt von meinem Vater, das interessierte mich nicht, doch die Fotos schon. „Farah!", rief ich und sie sah mich erschrocken an. Ich hielt ihr ein Foto von Gunnar in jungen Jahren hin. „Wow, besser geht nicht", meinte sie und griff sich kurz in ihren Schritt. „Lass uns beeilen, wir müssen noch duschen, bevor wir loskönnen."

Mit frisch gewaschenen Haaren und großem Hunger klingelten wir bei Gun. Wieder öffnete er die Tür nur einen Spalt weit und zog uns eine nach der anderen in seinen Flur hinein. Er bescherte uns einen prachtvollen Anblick, leicht bekleidet, im schwarzem Lederdress. Eine Maske über dem Kopf ließ seine Augen schmaler und damit auch gefährlicher wirken. Sein freiliegendes Sixpack erregte uns gleichermaßen und er fing an mit uns zu spielen. „Zieht euch aus und das hier an!" Gun schmiss uns zwei schwarze Lackkleider vor die Füße. Vorn hatten diese Kleider jeweils zwei Löcher für unsere Brüste, dann hing oben noch eine Art Halsband daran. Er verschloss es und legte uns Leinen an. „Auf allen vieren werdet ihr mir folgen. Ich kneble euch heute nicht, verbiete euch jedoch zu sprechen!" Er führte uns in seine gute Stube, auf seinem Teppich war eine schwarze Folie ausgebreitet. Hinten in der Ecke auf dem Stuhl saß eine Frau mit dem Rücken zu uns. Ich erschrak, fast hätte ich etwas gesagt. Ich bin mir gar nicht sicher, ob Farah schon bemerkt hatte, dass wir an diesem Tag nicht allein waren bei dieser strengen Lektion. „Ruth, komm her, wir haben heute Gäste, die von dir Disziplin lernen sollen!" Sie erhob sich und vor uns stand eine echte Domina, wie wir sie höchstens aus irgendwelchen Internetdarstellungen kannten. „So!", sagte sie scharf und schaute Farah dabei eindringlich an. „Du bist heute „A", und du", sagte sie zu mir gewandt, bist „B". Ihr werdet hundertprozentig das tun, was ich von euch verlange!" Ich schaute zu Gun, worauf er mir einen bösen Blick zuwarf. „B, ich bin heute deine Meisterin, Gun wird uns gleich für eine halbe Stunde verlassen, bis ich mit euch fertig bin.

Hast du das verstanden?" „Ja!", sagte ich und spürte unmittelbar danach einen Schmerz auf meinem Hintern. Gun stand hinter mir mit einer Peitsche in der Hand. „Habe ich euch nicht verboten zu sprechen? Ich verlasse jetzt dieses Zimmer für dreißig Minuten. Ihr werdet alles tun, was Ruth von euch verlangt!" Nachdem er aus dem Raum gegangen war, spürten wir ihren Willen uns zu dominieren. „Macht die Beine weiter auseinander und senkt die Köpfe." Sie stellte sich hinter uns und ich spürte kurze Zeit später einen Schlag, offenbar ausgeführt mit der in ihrer Hand liegenden Gerte direkt zwischen meinen Beinen. Ich stöhnte und kurz darauf tat Farah es mir nach. „Das geht noch wesentlich härter, tut also, was auch immer ich euch befehle!" Sie stellte einen Stuhl vor uns und setzte sich darauf. Dann rutschte sie nach vorn und zog ihren Rock hoch. „A, leck mich!" Ich erschrak, doch Farah tat, was von ihr verlangt wurde. „B, steck mir den Dildo in meine Fotze und stoß zwei Mal zu bevor du ihn wieder hinausziehen wirst!" Ich hatte große Angst etwas falsch zu machen, doch sie war so nass und geil, dass das Teil in meiner Hand ganz leicht in sie eindrang. Ich stieß genau so zu, wie sie es mir befohlen hatte. „Sehr gut, Gun hat nicht übertrieben", sagte sie anerkennend. „Jetzt tauscht die Rollen und wiederholt das Szenario!" Wir taten, was sie verlangte. Danach stand sie auf und befahl Farah, sich auf den Stuhl zu setzen und mir, sie zu lecken. „Nein, auf keinen Fall! Sie ist wie meine Schwester, das mache ich nicht!" Danach sah ich sie mich schon windelweich prügelnd, aber das tat sie nicht. „Bleibt so, wie ihr seid. Ich hole Gun!" Es dauerte eine Weile, bis die beiden den Raum betraten. „Ruth hat mir berichtet, was passiert ist. Ihr seid sehr folgsam gewesen. Das ist okay, dass wir diesen Punkt eurer Erziehung vorerst überspringen werden. Jetzt zeigen wir euch, wie ein guter Fick auszusehen hat. Es ist euch gestattet an eurem Kitzler zu spielen und mit uns zu kommen, wenn ihr wollt." So etwas hatten wir noch nie zuvor in unserem Leben gesehen. Ruth setzte sich auf das Sofa und streckte ihre Beine kerzengerade in die Luft, während Gun sich vor sie kniete und sein erigiertes Glied schnell und heftig in ihre Vagina stieß. Beide stöhnten laut und Gun fickte sie ausdauernd mit heftigen Hüftschwüngen. Dann befahl er ihr sich hinzuknien, er nahm sich einen Dildo und steckte ihn in ihre Fotze, während er auf ihr Arschloch spucke und danach erst langsam und dann ungehalten in dieses eindrang. Farah fingerte wie wild an sich herum, während ich geschockt zuschaute. Gun zog unter heftigem Stöhnen seinen Schwanz heraus und spritzte ihr auf den Hintern. Gleich im Anschluss griff er nach dem immer noch in ihr steckenden Dildo, versetzte ihr damit heftige Stöße und fingerte mit der anderen Hand an ihrer Klitoris. Es kam ein ganzer Schwall Wasser aus ihr heraus und wir erschraken, doch sie kam heftig und schrie laut dabei. „Keiner kann das so gut, wie du, Gun! Ihr habt solch ein Glück, dass ihr unter ihm dient", sagte sie zu uns und setzte sich unmittelbar danach wieder auf den Stuhl hinten in der Ecke. Direkt im Anschluss daran schickte er uns nach Hause, mit dem kleinen Nachsatz, dass wir nun wieder essen dürften. Ohne eine große Verabschiedung verließen wir, immer noch leicht geschockt das Haus von Gun.

Als wir dann später zusammen in unserer Küche saßen und Tee tranken, waren wir erst gar nicht in der Lage uns über die Geschehnisse mit Ruth zu unterhalten. Wir waren da in ein neues und bis dahin für uns gänzlich unbekanntes Territorium eingedrungen. Als sich unsere Augen trafen, fingen wir dann aber an zu grinsen. Nur Sekunden später bekamen wir gemeinsam einen anständigen Lachkrampf. „Sind wir jetzt etwa auch noch lesbisch?", fragte Farah verunsichert, was mich dazu veranlasste nur noch mehr zu lachen. Es dauerte eine ganze Weile, bis wir uns wieder einigermaßen normal unterhalten konnten. „Farah, ich glaube, das gehört einfach zu unserer Ausbildung zur Edelhure dazu. Wir wollen ja schließlich keine einfachen Nutten werden!" Das Gekicher ging wieder von vorne los, bis Farah mit einmal ganz ernst wurde. „Raija?" „Ja, was ist los?", fragte ich mit ernster Miene. „Gun hat uns doch immer wieder versprochen, dass wir später auch gemeinsam arbeiten dürfen. Ich befürchte, dass nicht wenige der Freier dann auch von uns verlangen werden, dass wir es uns gegenseitig besorgen." Sie senkte den Kopf und mein nächster Satz fiel mir so schwer. „Leider hast du recht. Da wir die Besten werden wollen, müssen wir es irgendwann tun. Zum Glück noch nicht in naher Zukunft. Gun hat doch gemeint, dass unsere komplette Ausbildung erst in ungefähr zwei Jahren beendet sein wird." „Warte mal kurz hier", Farah verschwand und kam ziemlich schnell mit einem Piccolo zurück. „Nur einen kleinen Schluck." Sie nahm Omas alte Bleikristallgläser aus dem Schrank und schenkte uns ein. „Hier für dich, wir stoßen auf uns beide an. Gemeinsam schaffen wir alles!"

Als wir am nächsten Abend auf die Minute pünktlich bei Gun erschienen, war Ruth immer noch da, was uns eigentlich gar nicht gefiel, aber Gun hatte die Macht über uns. „Heute werdet ihr alles tun, was Ruth von euch verlangt, ansonsten werdet ihr hart bestraft! In genau fünfundzwanzig Minuten bin ich wieder bei euch." Zuerst befahl sie uns, dass wir uns nackt ausziehen sollten, danach legte sie jedem von uns ein enganliegendes Ledergeschirr an. Ich zuckte zusammen und sie gab mir einen kleinen Hieb mit ihrer Gerte auf meinen Hintern, danach blieb ich still und rührte mich nicht mehr. „Ich weiß, das ist eng, aber genau so wollen es die Freier dieser Art. Eure Münder werde ich heute nicht knebeln, da eure Zungen noch zum Einsatz kommen werden!" Sie ging einmal um uns, die auf dem Boden knieten herum und überprüfte, ob alles gut saß, danach setzte Ruth sich wieder auf einen Stuhl. „A, leck mich", sagte sie und drückte Farahs Kopf dabei immer wieder fest an sich heran. „Oh, sehr gut", stöhnte sie, kurz darauf stieß sie Farahs Kopf zur Seite. „Kommen will ich bei euch nicht, dafür ist Gun zuständig", sagte sie von oben herab zu uns, wohlwissend, dass sie uns mit dieser Aussage provozierte und gleichzeitig verletzte. Die Folie war immer noch auf dem Boden ausgebreitet und sie wandte sich nun mir zu. „B, du wirst jetzt ganz genau zuschauen, wie A mich leckt und dabei an dir spielen, ist das klar?" Ich nickte, denn Gun hatte uns auch bei dieser Lektion wieder das Sprechen untersagt. Ruth legte sich auf den Boden und spreizte die Beine weit auseinander. Mit ihrem Finger gab sie Farah ein Zeichen, sie erneut zu lecken. Ich schaute genau zu und fingerte parallel an mir herum. So richtig geil war ich in diesem Moment nicht, obwohl es mich doch schon interessierte, wie es wohl weitergehen würde. Nach ein paar Minuten stieß sie Farah erneut zur Seite. „A, du wirst nur zuschauen, dich aber keinesfalls dabei berühren, während nun B mich lecken wird. Ist das klar?" Farah nickte und ich bekam die Aufforderung mit meiner Zunge tätig zu werden. Ich dachte immer nur daran, dass ich die Beste werden will und gab alles, was ich bis dahin in dieser Richtung zu bieten hatte. „Okay, das reicht", sagte sie nach kurzer Zeit. Ich war mir nicht sicher, ob das nun gut war, oder nicht. „A, ich habe deine Geilheit gespürt, das hat mich angemacht und das wird auch eure Freier anmachen. B, du musst noch lernen, dich darauf einzulassen, um es zu genießen. A, wir werden dir jetzt einen Orgasmus verschaffen, um deine Hingabe zu belohnen." Sie hatte wir gesagt und ich war unsicher, was gleich passieren würde. Ruth zog sich Lackhandschuhe an und kniete sich neben Farah. „B, knie dich auf die andere Seite und schau genau zu!" Dann nahm Sie ihre rechte Hand und legte sie auf Farahs Hintern, die linke ging unter ihrem Rumpf durch in Richtung Genitalbereich. Ganz langsam fing sie an zu massieren und ich merkte, dass Farah sich gegen die massierenden Hände stemmte, offenbar schien es ihr zu gefallen. Plötzlich holte Ruth mit ihrer rechten Hand aus und gab Farah ein paar Schläge zwischen die Beine. Ich erschrak, doch Farah stöhnte immer mehr, bis ihr Körper sich verkrampfte und sich mit einem lauten Seufzer wieder entkrampfte. „Gern geschehen", sagte Ruth und erhob sich. „Ich werde euch jetzt abspannen und von euren Fesseln befreien. Gun wird gleich hier sein, setzt euch auf das Sofa und wartet brav!" Es sah so geil und so atemberaubend aus, als Gun zur Tür hereinkam. Ich glaube, dass er sich seiner Wirkung auf uns sowas von bewusst war. Leider hatte er seinen Laptop unter dem Arm und wir ahnten, was das für uns zu bedeuten hatte. Ruth folgte hinter ihm und reichte uns jedem etwas hellbeigefarben Klebriges. Beim genaueren Hinsehen, stellten wir fest, dass es sich um eine Silikon-Muschi handelte. Darauf hatte ich gar keine

Lust, doch es gehörte anscheinend zu unserer Ausbildung dazu. Während Ruth Gun einen Blasen durfte, saßen wir vor dem Bildschirm und übten Fotzen zu lecken. Gun schien unser Tun sehr zu erregen und ich ließ meine Zunge wild kreisen, während ich ihm direkt in seine Augen starrte. „Raija", stöhnte er, „lass das!" Ich konzentrierte mich wieder auf den Bildschirm. Dieses scheinbar nicht enden wollende Video forderte einiges von uns ab. Kurz bevor es endlich zu Ende gewesen wäre, schrie Gun vor Geilheit auf. Danach erhob sich Ruth, kam zu uns und klappte mit einer schnellen Handbewegung das Notebook zu. Dann streckte sie uns ihre mit Sperma bedeckte Zunge entgegen und forderte uns mit einer Handbewegung dazu auf, davon zu kosten. Wir taten es, somit waren wir nun alle drei in den Genuss seines Spermas gekommen. „Wow, Ruth, das war Klasse! Ich hoffe, ihr habt etwas gelernt, während Ruth es mir so richtig besorgt hat. Raija, wir unterhalten uns nachher im Keller, während Farah und Ruth noch etwas Spaß miteinander haben werden! Zuerst aber gibt es etwas zu Essen, ich habe Pizza bestellt. Farah, Raija, zieht euch an, um dem Pizzaboten gleich die Tür zu öffnen, Ruth und ich bleiben so wie wir sind." Er befahl uns im Flur auf den Boten zu warten. Als wir nach einer Viertelstunde wieder den Raum betraten, saß Ruth auf ihm und machte dabei gymnastische Übungen. „Oh, wir machen später weiter, meine geile Ruth. Die Kleinen haben Hunger." Gun und Ruth kicherten, während Farah und ich das gar nicht lustig fanden. Das mit dem Hunger stimmte allerdings und war auch kaum zu überhören, da unsere Mägen in regelmäßigen Abständen knurrten. Farah rannte in die Küche und holte Teller und Besteck. „Schlingt nicht so!", ermahnte uns Gun, worauf Ruth und er erneut anfingen sich zu amüsieren. „Ach übrigens, danach dürft ihr dann bis morgen Abend erneut nichts essen." Ich seufzte und Gun warf mir erneut einen strengen Blick zu. Nach dem Essen stand er auf und präsentierte uns eine kleine Schachtel Pralinen. Zuerst hielt er Ruth die Packung hin, dann Farah und mit einem ausdrucksstarken Blick auch mir, bevor er sich bediente. Er schloss die Schachtel und forderte Ruth auf es sich mit „A" bequem zu machen, weil „B" jetzt diszipliniert werde. Diese Worte gingen mir runter wie Öl, ich freute mich schon sehr auf seine Berührungen, egal welcher Art. Im Flur forderte er mich auf, mich nackt auszuziehen, danach verband er mir wieder die Augen und führte mich in den Keller hinunter. Dieses Mal waren wir in einem anderen Raum, der Belag unter meinen Füßen fühlte sich kalt und hart an. „Das machst du mir nicht noch einmal!", sagte er wütend. „Du geile Sau hättest mich durch deine Blicke vorhin fast davon abgebracht zu spritzen. Das machst du mir kein zweites Mal! Knie dich hin!" Ich kniete mich auf den kalten Boden und er nahm meine Haare und zog meinen Kopf zu sich heran, danach fickte er mir heftig in den Mund. Ich musste zweimal würgen, doch er machte unbehelligt weiter. Es kam ihm nicht und er forderte mich auf, mich auf den Rücken zu legen. „Jetzt machen wir 69!" Er kniete sich über mich. „Blas weiter!" Ich tat, was er von mir verlangte und er leckte und massierte mich kraftvoll. Ich liebte ihn und genoss seine Zuwendungen sehr. Diese Art von Spezialbehandlungen, in der nur ich seine Hauptperson war, gefielen mir am allerbesten. Ruth stand einfach eine Stufe über uns, aber sie war auch schon alt, wir schätzten sie damals auf mindestens dreißig. Heute bin ich selbst einunddreißig und fühle mich trotz allem noch sehr jung, damals sahen wir das Leben mit anderen Augen. Unser Ziel war es, besser zu werden als Ruth. Farah und ich wussten beide, dass wir alles geben mussten, um dieses Ziel eines Tages zu erreichen.

Am nächsten Tag nach der Schule, räumten wir unsere Garage weiter frei, Gun hatte sich für Sonntag angemeldet zum ausmessen der Räumlichkeiten, er tat dabei sehr geheimnisvoll, was uns neugierig machte, was er wohl aus unserer Garage machen würde. „Auf jeden Fall kein Fotolabor!", kreischte Farah und ich behauptete das Gegenteil. „Doch, sicherlich wird er einen kleinen Teil der Garage dafür abtrennen. Fotografie ist doch auch sein Hobby. Wenn Androsz erstmal hier ist, muss Gun doch auch selbstentwickelte Fotos mit zu sich herübernehmen. Da kann er ja schlecht die aus dem Supermarkt nehmen." „Du könntest recht haben, Raija. Ein Wasseranschluss liegt hier ja, schließlich ist auch noch Opas altes Klo in der Ecke." Wir beschlossen am nächsten Tag weiter zu räumen. „Morgen ist Samstag, wenn wir nach dem Frühstück anfangen, sind wir bis mittags fertig."

Als wir an diesem Abend pünktlich bei Gun auftauchten, waren wir sehr enttäuscht darüber, dass Ruth immer noch dort war. Die beiden waren uns zu vertraut, aber auch das gehörte zu unserer Ausbildung dazu. Eifersucht hat keinen Platz im Leben einer Hure, behauptete Gun von Zeit zu Zeit. „Ausziehen!", begrüßte sie uns mit strengem Blick. Wir vermissten die Zweisamkeiten mit Gun, das Küssen und das Tanzen. Folgsam zogen wir unsere Kleidung aus. „Ab nach oben", forderte sie uns auf und wir warfen uns einen heimlichen Blick zu. Wir waren noch nie zuvor in der oberen Etage und wussten nicht, was uns dort erwartete. Sie führte uns in ein Badezimmer mit Whirlpool und extra großer Duschzelle. „Kniet euch in die Dusche!", befahl sie und wir taten es. „Gun ist außer Haus und ich werde euch jetzt darauf vorbereiten in den Arsch gefickt zu werden. Zu allererst bekommt ihr einen Einlauf von mir verpasst!" Am liebsten wäre ich schreiend weggelaufen, doch so schnell gebe ich nicht auf. Für mein Ziel kämpfe ich, koste es, was es wolle. Farah erging es ähnlich, an ihrer Körperhaltung merkte ich, dass auch sie Angst davor hatte, was gleich passieren würde. Ruth schien es einerseits Spaß zu bereiten, uns zu quälen, andererseits meinte sie es gut mit uns, da waren wir uns beide sicher. Sie war dabei, uns zu helfen, wahrscheinlich Gun zuliebe. Unangenehm so ein Einlauf, erst bekamen wir beide einen von Ruth und dann leitete sie uns an, uns gegenseitig einen weiteren zu verpassen, um unseren Darm zu reinigen. „Das reicht für heute, wir machen nun unten weiter. Ihr wollt Gun doch nicht enttäuschen, oder?" Wir nickten. „Heute dürft ihr sprechen. Fragt mich, wenn ihr Fragen habt, morgen fliege ich wieder nach Reykjavik, von dort aus kann ich euch nicht helfen, eure hochgesteckten Ziele zu erreichen. Wenn ihr hart weiterarbeitet und immer folgsam seid, könnt ihr es sehr weit bringen in unserem Geschäft." Unten im Wohnzimmer mussten wir uns hinknien und Ruth war wieder streng zu uns. Sie zog sich schwarze Einmalhandschuhe an und holte eine große Pumpflasche Gleitmittel aus einem kleinen Koffer. Sie klatschte jeder von uns eine Ladung Gleitgel auf den Hintern und massierte unseren Anus. Zu diesem Zeitpunkt war es mir noch sehr unangenehm und ich schämte mich. Farah verkrampfte sich auch und Ruth redete Klartext mit uns. „So wird das nie was. Macht euch locker dabei und kneift euer Arschloch ja nicht wieder zusammen, sonst habt ihr Schmerzen. Gun kann ganz schön zur Sache gehen, lasst mich euch helfen, dass es leichter für euch wird." Dann stand sie auf und holte eine Flasche Sekt. „Trinkt, das wird euch lockern!" Als Gun eine halbe Stunde später zur Tür hereinschaute, waren wir zum Glück schon etwas weiter, aber lange noch nicht soweit, um von Gun in den Arsch gefickt zu werden. Er machte uns deutlich, dass er da jetzt schon Bock darauf hätte, doch Ruth schüttelte den Kopf. „Gun, mein Meister, lass es uns ihnen zeigen, wie es aussehen kann, wenn man es beherrscht, sie müssen noch üben." Ruth kniete sich hin und Gun fickte ihren Arsch, immer wieder rein und raus und laut stöhnend. „Ja, das ist geil, so will ich das, schaut genau zu. Nächste Woche ficke ich eure Ärsche!" Wir zuckten zusammen und konnten uns zu diesem Zeitpunkt noch gar nicht vorstellen, dass wir daran einmal Freude haben sollten. Wir bedankten uns bei Ruth für ihre Hilfe und Gun ließ uns ihre Fotze lecken, während er diese fickte. Ruth kam heftig und spritzte uns dabei einen Schwall Fotzensaft in unsere Gesichter. Ich musste mich dermaßen zusammenreißen, um mich nicht übergeben zu müssen, während Farah es lustig fand. An diesem Abend verabschiedete Gun uns mit den Worten, dass er es uns beiden am nächsten Abend richtig besorgen würde. „Das verspreche ich euch, ich lasse euch zweimal kommen. Geht jetzt, heute ist Ruth dran, wir sehen uns morgen." „Wartet!", rief Ruth uns hinterher. Gun schaute überrascht und war ebenso gespannt wie wir auf das, was folgen würde. Sie ging an ihren Koffer und holte zwei kleine goldene Dildos heraus, wirklich dünn und kurz. „Hier, damit könnt ihr üben. Jeden Tag vier Mal, ihr könnt es allein probieren, doch gegenseitig ist es leichter. Solltet ihr kein Gleitgel haben, nehmt Margarine." Gun grinste über das ganze Gesicht. „Danke Ruth, ich werde dich gleich ausgiebig belohnen für deine Hilfe mit den beiden Kleinen hier." Danach warf er uns einen strengen Blick zu. „Ihr macht, was Ruth euch aufgetragen hat, wir sehen uns morgen schon um achtzehn Uhr!"

An diesem Abend waren wir unsicher, ob wir nun wieder essen dürften oder nicht. „Er hat es uns nicht explizit verboten, also, worauf hast du Hunger, Raija?" „Wollen wir essen gehen? Ich lade dich ein." Wir gingen zum Italiener und futterten genüsslich Spaghetti Carbonara. Zum Nachtisch gönnten wir uns sogar noch ein Tiramisu. „Schau mal", meinte Farah, „der Süße hinterm Tresen glotzt uns an. Der muss hier neu sein." Als ich bezahlen wollte fragte er mich, ob wir zu Gun gehören und ich wusste nicht, was ich darauf antworten sollte und sagte gar nichts. Farah war genauso still wie ich, denn wir hatten beide Angst davor, etwas Falsches zu sagen. Am nächsten Tag würden wir Gun danach fragen, was wir auf solche oder ähnliche Fragen antworten sollten.

Wie vereinbart, räumten wir nach dem Frühstück die Garage endgültig leer. Den Gartentisch stellten wir vor das Garagentor, um ihn später in Guns Schuppen stellen zu können. „Klasse, wir haben es tatsächlich rechtzeitig geschafft, morgen kann er ausmessen kommen," Farah war genauso gut gelaunt wie ich, als wir bei Gun klingelten. Er öffnete und blickte erstaunt auf den Tisch. „Außen rum, direkt in den Schuppen. Wartet, ich komme mit." Als wir endlich Platz für unsere ganzen Gartenmöbel geschaffen hatten, waren wir leicht durchgefroren. „Ihr habt euch eine Belohnung verdient", sagte er zu uns. „Wollen wir zum Italiener gehen?" Farah wie auch mir schoss sofort durch den Kopf, dass er uns testen wollte, zum Glück wartete ich nicht zulange mit meiner Antwort. „Schon wieder? Da waren wir gestern erst." „Ich weiß, wie ich alles zu hören bekomme, was ihr tut. Ich habe gestern Abend noch einen Anruf von Vito erhalten. Er und sein neuer Koch haben Interesse an euch bekundet. Der Ernst des Lebens beginnt am Montagabend für euch. Ich habe ein gemeinsames Abendessen für uns fünf herausgehandelt, im Gegenzug werdet ihr den beiden Herren zum Nachtisch einen Blasen. Ich hoffe, ihr freut euch auf euren ersten Job!"

Ich war im ersten Moment total geschockt über Guns Worte, während Farah entzückt aufschrie: „Geiiiiell, endlich geht es los!", lief mir eine Träne über die Wange, ich konnte gar nichts dagegen tun. Gun nahm mich in den Arm und drückte mich fest an sich. „Du brauchst keine Angst zu haben, meine kleine Raija. Wir werden das ganze Wochenende üben, ich freue mich schon darauf. Fangen wir am besten jetzt an." Er ließ mich los und wandte sich Farah zu. „Los, öffne meine Hose, bevor sie platzt!" Farah fummelte lange an seiner Hose rum, doch nichts tat sich, daraufhin äußerte sich Gun genervt. „Na toll, jetzt hast du es geschafft, dass ich keinen Bock mehr darauf habe. Das darf euch im wahren Leben nicht passieren. Ich habe da vorhin etwas im Schuppen entdeckt, was euch dabei helfen wird, Männerhosen in Zukunft schneller zu öffnen. Wartet in der Stube!" Er kam nach kurzer Zeit mit einem Metallständer samt einem männlichen Unterteil einer Schaufensterpuppe zurück. Dann verschwand er erneut und brachte drei unterschiedliche Männerhosen mit. Zwei hatten einen Gürtel, deren Schnallen unterschiedlich geschlossen wurden. „Wie weit seid ihr eigentlich mit eurer Garage?" „Fertig!", antworteten wir im Duett. „Ist sie offen?" „Ja." „Gut, dann werdet ihr die Puppe jetzt solange an und ausziehen, bis ich wiederkomme. Komplett schließen, alle Knöpfe, alle Gürtel, dann öffnen und ausziehen, danach die nächste Hose … und so weiter. Ich messe jetzt die Garage, beziehungsweise mein neues Fotolabor aus." Er wollte gerade den Raum verlassen, drehte sich dann aber schnell noch einmal um, und forderte uns auf, ihm unsere Hintern zu zuwenden und uns breitbeinig nach vorn über zu beugen. Er massierte kurz unseren Genitalbereich und wir stöhnten voller Vorfreude. „Das reicht, nachher mehr. Seid schön brav, ich bin gleich zurück." Es dauerte eine halbe Ewigkeit, bis er zurückkam. Gute zwanzigmal wurde die Hose gewechselt und komplett verschlossen. Gun hatte Recht behalten, es funktionierte von Mal zu Mal besser. Endlich hörten wir die Haustür und er kam gutgelaunt zu uns in die Stube. „Das reicht, hat es euch etwas gebracht? Was würdet ihr sagen?" „Total viel, hätte ich gar nicht so erwartet." „Raija, ich weiß schon, was ich hier tue, schließlich habe ich jahrelange Erfahrung. Setzt euch an den Tisch, ich mache einen Tee, ich muss kurz über die Garage mit euch sprechen. Ach, zieht die Puppe eben bitte noch wieder aus und bringt sie zurück in den Schuppen."

Farah wollte sich im Schuppen noch etwas umschauen, doch ich hielt das für keine gute Idee und so ließen wir unsere Blicke nur kurz durch den Raum gleiten. „Was ist das denn da?", fragte Farah leise. „Sieht aus wie eine Liebesschaukel." Wir gingen kichernd wieder zurück, Gun war gerade mit dem Tee fertig. „Trinkst du eigentlich gar keinen Kaffee?", fragte ich ihn. „Doch", sagte er mit einem sehr zweideutigen Unterton, „zum Beispiel beim Italiener. Nun ist es passiert", sagte er lüstern. „Farah, zeig, was du eben gelernt hast und öffne meine Hose!" Innerhalb von Sekunden präsentierte sich uns ein prächtig erigierter Schwanz. „Macht ihn nun gemeinsam fertig, ohne weitere Anweisungen von mir!" Gun rutschte einen guten Meter weiter in den Raum mit seinem Stuhl, sodass wir genug Platz hatten, ihn mit unseren Mündern und Händen zu bedienen. Ich erinnerte mich an die letzte Blas-Lektion und kurz bevor es ihm kam, saugte ich kräftig und spielte währenddessen heftig mit meiner Zunge. Er schrie so laut, dass ich Angst bekam, etwas falsch gemacht zu haben. Doch nach der ersten Schrecksekunde sah ich seinen hochroten Kopf und sein breites Grinsen. „Wenn ihr diese Show am Montag so abliefert, habt ihr eure ersten Stammkunden. Ich bin begeistert. Trotzdem werdet ihr euch gleich noch zwei Tutorials anschauen, um noch mehr Sicherheit zu bekommen." Er atmete einmal tief durch. „Wow, das war richtig geil, genauso, wie ich es brauche. Mit Sicherheit wird es vielen anderen Freier genauso gehen." „Gun, ich habe ein paar Fragen dazu", sagte ich schüchtern. „Immer raus damit!" „Bist du in der Nähe am Montag?" „Klar, ich schaue mir das ganz genau an, was ihr da macht, keine Sorge." Farah hatte auch noch ein paar Fragen. „Was ist denn, wenn sie sich über Tage nicht gewaschen haben? Ich glaube, dann kann ich für nichts garantieren." „Gut, dass du diesen Punkt ansprichst. Da es euer erstes Mal ist, habe ich mit Vito über diesen Punkt gesprochen. Nach dem Essen gehen eure beiden ersten Kunden sich gründlich waschen, bevor ihr loslegen werdet." „Oh, da bin ich aber beruhigt. Was ist denn, wenn andere Gäste etwas mitbekommen?" „An diesem Tag wird es keine anderen Gäste geben, für alle anderen ist Ruhetag. Wenn ihr mit eurer Ausbildung etwas weiter fortgeschritten seid, wird es euch nichts mehr ausmachen. Im Gegenteil, je mehr Zuschauer, um so mehr potentielle Kunden. Ach, und nochmal zu vorhin, im zweiten Teil eurer Ausbildung werdet ihr auch lernen, mit ungewaschenen Schwänzen umzugehen. Im Rahmen eurer dominanten Erziehung werdet ihr auch dahingehend geschult, sofern es die Möglichkeiten zulassen, Freier zurecht zu weisen. Das ist aber ein ganz schmaler Grad. Dieses Thema ist eigentlich noch lange nicht dran. Für heute bin ich sehr zufrieden mit euch." Er zuckte zusammen, „Raija, was hast du eigentlich mit meiner Kreditkarte gemacht? Zurück hast du sie mir jedenfalls noch nicht gegeben." „Oh, Scheiße, Entschuldigung. Die ist immer noch in meiner Innentasche vom Mantel." „Du kannst sie mir morgen früh geben, da werde ich anfangen, das alte WC abzureißen, das kommt alles neu. Die nächste Woche wird es etwas lauter bei euch. Montag früh fahre ich in den Baumarkt und dann geht es los. Sag mal, hast du eigentlich etwas bestellt? Du hast gar nichts weiter gesagt." Ich überlegte einen Moment, bevor ich antwortete. „Ruth war ja hier, da habe ich mich nicht getraut." Gun lachte laut los. „Ja, das kann ich gut verstehen", sagte er amüsiert. Ich flitzte eben rüber und holte die Karte. Als ich sie ihm überreichte erzählte ich stolz von den drei bestellten Kleidern und unseren zu erwartenden Schuhen. Farah saß ganz ruhig da und rührte sich nicht, als Gun sich zu ihr umdrehte und sagte: „Komm, nimm du sie und kauf dir auch ein sexy Kleid." Danach schenkte er uns noch eine Tasse Tee ein. „Ich habe mir irgendwo," er suchte in seiner Hosentasche, „einen Zettel, ah, hier. So, passt bitte gut auf! Punkt 1: Ab sofort werdet ihr jeden Dienstag und Donnerstag vor euren Lektionen zum Fitness in den Palast fahren. Ich habe euch dauerhaft angemeldet. Jeweils von 16:30 bis 18:00 Uhr, ihr könnt dort duschen und danach direkt zu mir kommen, um zu kommen." Er strahlte uns an und wir strahlten zurück. „Das ist übrigens ein Tipp von Ruth gewesen, ihr braucht mehr Muskeln. Aber bitte keine Bodybuilder-Figur, da kann ich gar nicht drauf! Punkt 2: Eure Ausdrucksweise verbessert ihr hiermit." Er stand auf und ging in den Flur, dann überreichte er uns eine DVD. „Das hört ihr euch an und versucht eure Aussprache dementsprechend zu schulen. Punkt 3: Ganz wichtig, wenn euch das nächste Mal jemand fragt, wieviel ihr kostet oder was ihr so alles drauf habt," er erhob sich erneut und öffnete eine Vitrinen Schublade, um uns danach einen Packen Visitenkarten auf den Tisch zu legen. „Dann sagt ihr einfach, dass alle Verhandlungen über mich laufen. Ihr seid noch viel zu unerfahren dazu. Also, das mit dem unerfahren sagt ihr aber bitteschön nicht." Er amüsierte sich erneut. „Das wars fürs Erste. Habt ihr Lust euch mit mir zu entspannen?" Natürlich wollten wir das, doch als er uns bat, die Treppe nach oben zu gehen und dann gleich die erste Tür links zu nehmen, verging uns die Lust. Allerdings nur solange, bis wir die Rosenblätter auf dem Fußboden sahen sowie den gefüllten Whirlpool. Gun folgte uns mit einem Sektkühler in seiner Hand. „Heute gibt es Champagner für meine Süßen!" Er öffnete eine Magnumflasche einer teuren Marke und bat uns, uns auszuziehen. Danach schenkte er drei Gläser ein, nicht ohne uns darauf hinzuweisen, dass wir ab morgen für eine ganze Woche Alkoholverbot hätten. Dieser Champagner schmeckte uns sehr gut. Gun bat uns noch einen Moment zu warten, bis wir in den Pool gehen durften. Er nahm eine kleine Flasche eines Körperöls vom Regal und fing an uns stehend zu massieren. Von Kopf bis Fuß ölte er uns ein, danach ließ er uns ziemlich gleichzeitig kommen. Farah und ich hatten diesbezüglich jegliche Hemmungen uns beide betreffend verloren. „Oh, Raija, habe ich euch so lange nicht bedient, wie böse von mir, du hattest es aber wirklich nötig." Es stimmte und ich lächelte ihn an. Wir liebten ihn immer noch abgöttisch, er war gut zu uns, das wussten wir und eines Tages würde er uns reich gemacht haben, da waren wir sicher. Er dimmte das Licht und machte Kerzen an, danach legte er sexy Schmusemusik auf und kam zu uns in den Pool. Es dauerte nicht lange und wir waren angetrunken. Gun forderte uns auf, uns über den Rand zu lehnen und ihm unsere Hintern zu präsentieren. „Ich hoffe, ihr habt jeden Tag vier Mal geübt, jetzt ficke ich euch beiden in eure Ärsche." Warum das so war, weiß ich nicht mehr, aber in diesem Moment wollten wir es beide. „Zuerst stecke ich euch jeder einen Dildo hinten rein. Trotz meiner Geilheit, muss ich testen, ob ihr bereit seid." Er massierte mich, während mein Anus geweitet wurde. „Dreh dich um, und drück den Arsch gegen die Wand, aber vorsichtig, nicht zu doll, nur so, dass er nicht rausrutschen kann. Man ist das geil, ich geh gleich ab!" Danach bearbeitete er Farah, sie stöhnte und ich wusste, dass es ihr gefiel. Er wandte sich dann erneut mir zu und küsste mich. „Bist du bereit?" „Ja, fick meinen Arsch." Das ließ er sich nicht zweimal sagen. Es schmerzte schon ein wenig, aber dank Ruths guter Vorbereitung, lief alles glatt. Gun kam sehr schnell, worauf er sich bei Farah entschuldigte. „Oh, Süße, das tut mir leid. Ein zweites Mal werde ich jetzt hier nicht riskieren zu kommen, sonst bekomme ich noch einen Herzinfarkt. Wir wiederholen das in genau einer Woche und dann bist du dran, Farah. Ist dir das recht?" „Ja, sehr, Gun." „Dann lasst uns noch ein wenig chillen und trinken. Den nächsten Alkohol gibt es erst in einer Woche. Morgen werden wir uns an das Blasen halten, damit ihr mir Montag einen guten Job abliefert."

Am nächsten Morgen wurden wir durch ein lautes Krachen und Hämmern geweckt. Farah war schon im Bad, als ich aufstand. „Man, siehst du zerzaust aus", sagte sie und grinste mich an. „Tut es noch weh?" „Nein, keine Panik, Farah. Es ist alles gut." Ich fühlte und bemerkte nichts Ungewöhnliches. „Wirklich, alles gut. Wollen wir ihm einen Tee bringen?" „Ja, aber wenn er fragt, ob wir ihm helfen wollen, sagen wir, dass wir uns die DVD anschauen müssen, um unsere verbale Kommunikation zu verbessern." Farah amüsierte sich. „Farah, übertreibe es nicht, du weißt, dass er dann wütend werden kann. Wenn du es sagen willst, musst du diese strenge Betonung weglassen." „Okay, Danke!" Es kam genau so, wie wir vermutet hatten und wir waren wirklich froh, dass er unsere Ausrede respektierte. Dieses blöde Video war so anstrengend zu schauen, doch wir gaben uns große Mühe. „Ist das kompliziert!" Farah raufte sich die Haare und ich sagte nur „Edelhure!", mit der Betonung auf „Edel". „Komm, wir gehen mal zu ihm." „Habt ihr es schon durch?", fragte Gun uns mit großen Augen. „Ja, wir werden es aber noch einmal wiederholen. Hast du vielleicht Lust uns kurz mal weiter in Sachen Blasen zu unterrichten?" „Farah, du kleine Sau, dann Bitteschön!" Er stellte sich leicht breitbeinig hin und Farah holte seinen Schwanz heraus. Sie bearbeitete ihn heftig und ich wusste in dem Moment gar nicht, was ich tun sollte. „Komm her, Raija, leck mir die Nippel!" Nach kurzer Zeit tropfte Farah das Sperma aus ihrem Mund und sie musste grinsen. Er befahl mir, sie zu küssen und ich tat es. „Sehr gut, ihr seid absolut bereit für eine Spermadusche. Ich werde da mal etwas für euch klarmachen. Für morgen seid ihr gut vorbereitet, heute Abend gehen wir in den Keller und wir üben das Fixieren. Viele Freier stehen darauf, wehrlos und gefesselte Frauen zu ficken. Ihr dürft dabei keine

Panik kriegen, deshalb üben wir das und ich werde euch ein paar Tricks dazu verraten."

Pünktlich erschienen wir zu unserer Lektion und wurden gleich in den Keller geleitet. In dem Raum mit dem kalten Fußboden stand ein großes Bett in der Mitte, an allen vier Pfosten waren Ketten mit Gelenkfesseln angebracht. Gun zeigte sich erneut in seinem schwarzen Lederdress. Auch trug er wieder diese scharfe Maske und seine Augen funkelten uns dadurch entgegen. Er band erst Farah fest, so dass sie sich kaum noch bewegen konnte. Danach legte er sich auf sie drauf und sie fing sofort an zu rebellieren. Dazu klopfte sie drei Mal mit ihrer linken Hand gegen die Stäbe. Gun ging von ihr runter, nahm die Maske für einen Moment ab und sprach zu uns. „Das habe ich vorher gewusst, dass das passieren wird. Du musst unbedingt versuchen Knie- wie auch Ellenbogengelenke leicht anzuwinkeln während des Anschnallens. Nur so kannst du das Gewicht des Freiers ausgleichen. Durch seine Kilos wird die Matratze nach unten gedrückt und somit der Weg von deinen Armen bis zur Fessel länger. Wenn ihr euch beim Anschnallen streckt, habt ihr schlechte Karten." Er lockerte darauf Farahs Fesseln und sie winkelte ihre Gelenke nach seinen Vorgaben an, bevor er die Fesseln wieder festzog. Als er sich dieses Mal auf Farah legte, schien es ihr sogar zu gefallen. „Meine kleinen Säue, bald werde ich euch ordentlich durchficken können. Ach, ihr werdet noch so viel von mir lernen dürfen."

Im Anschluss fesselte er mich, damit ich ebenfalls ein Gefühl für die Fesseln bekommen würde. Danach schickte er uns nach Hause, mit der Bitte am nächsten Abend aufgestylt bei ihm zu erscheinen, aber dennoch nicht overdressed für einen Besuch beim Italiener.

In der Schule waren wir unkonzentriert, da unsere Gedanken sich nur noch um unseren bevorstehenden Eintritt in das wahre Leben drehten. Wir erschienen frisch geduscht in aufreizender Robe, doch Gun sah ganz schön fertig auf, als er uns die Tür öffnete. „Was hast du?", fragte ich ihn. „Sorry, habe das neue Bad in eurer Garage gefliest und habe die Zeit dabei vergessen. Schließlich wird es dreimal so groß wie das alte WC. Wir brauchen doch Platz für unsere Sexspielchen. Gebt mir fünf Minuten, ich gehe mich eben frischmachen." Wir fragten uns, was Gun wohl so alles in unserer Garage mit uns vorhat. Diese Gedanken taten uns sehr gut, bei dem, was wir noch zu erledigen hatten. So fuhren wir leicht angeheizt zu unserem Date. Ich erinnere mich noch gut an diesen Tag. Das erste Mal, dass mir meine Wirkung auf das andere Geschlecht so richtig bewusst wurde. Schon bei der Begrüßung platzten unseren Gastgebern fast die Hosen. Mit jeder Geste und jedem Wort spürten wir ihre Geilheit und Vorfreude. Wir bekamen leckeres Essen serviert, den Nachtisch sollten wir hinterher erhalten und Gun war damit einverstanden. Vito und Marco gingen sich frisch machen und Gun sprach ein letztes Mal zu uns. „Macht sie fertig, dann werde ich euch nachher anständig belohnen. Ich habe im Keller etwas Fesselndes für euch vorbereitet." Seine Worte machten uns richtig heiß, das wusste er. Dann erschienen unsere ersten Freier mit dicken Hosen und setzten sich auf zwei Stühle hinterm Tresen, nicht einsehbar von den Fenstern aus und packten ihre Schwänze aus. Wir wussten erst nicht, wer zu wem gehen sollte und Gun schickte mich mit seinen Blicken zu Vito. Ich tat, was ich konnte, um es ihm so richtig zu besorgen. Aus dem Augenwinkel sah ich Farah, wie sie den Schwanz von Marco wichste und dabei seine Eier leckte. Ich wichste daraufhin Vitos Schwanz auch kurz an, das machte ihn richtig heiß. Er stammelte ein paar Sätze italienisch bevor ich ihn aussaugte. Er stöhnte heftig während er meinen Mund mit seinem Sperma füllte. Ich streckte ihm meine Zunge entgegen, bevor ich sie wieder in meinen Mund nahm und kräftig schluckte. Ich lächelte, denn ich hatte meinen Erfolg in kürzester Zeit erreicht. Farah war noch beschäftigt. Gun hatte uns vorher angewiesen in diesem Fall, dass ein Freier noch nicht geschossen hatte, die andere zu unterstützen. Das tat ich dann und wichste Marcos Schwanz direkt in Farahs Mund. Er schrie vor Lust, als er kam. Leider bestand Gun darauf, direkt danach das Lokal zu verlassen, wir hätten gerne noch ein Dessert genossen. Im Auto wies er uns zurecht, die Fassung über unseren ersten Triumpf zu wahren, bei ihm zu Hause würden wir stattdessen gleich unsere kraftvolle

Belohnung bekommen. Wir waren beide sehr feucht im Schritt. Gun überprüfte unsere Geilheit durch einen Griff zwischen unsere Beine, unmittelbar nachdem wir sein Haus betraten. „Super gemacht Mädels! Nackt ausziehen und ab nach unten!" Diesmal hingen dort acht Fesseln am Bett und wir mussten uns nebeneinander auf den Bauch legen. Danach legte er uns Nackenrollen unter die Hüften und zurrte unsere Gliedmaßen fest. Dann kam er zu uns auf das Bett und massierte uns kräftig zwischen den Beinen. Mit einem Mal hörten wir ein deutliches Brummen. Kurz danach vibrierten unsere Kitzler und wir gingen innerhalb weniger Sekunden dermaßen ab. „Das ist eine kleine Geheimwaffe, die bekommt ihr nur bei ganz besonders guten Leistungen zu spüren. Das war heute der Fall, deshalb bekommt ihr gleich noch eine zweite Ladung verpasst." Kaum hatte er seinen letzten Satz beendet brummte es erneut. Wir stöhnten um die Wette und genossen unsere Befriedigung sehr. Gun schickte uns danach umgehend nach Hause, da wir uns ausschlafen sollten um morgen in der Schule fit sein zu können. Auch erinnerte er uns an unser Fitnessarrangement um 16:30 Uhr im Palasthotel.

Die Abschlussprüfungen kamen immer näher, leider hatten unsere schulischen Leistungen etwas nachgelassen. Farah und ich beschlossen, nach unserem ersten Training im Palast mit Gun darüber zu sprechen. „Weißt du, Farah, sobald Androsz hier ist, hat Gun sowieso weniger Zeit für uns, dann können wir mehr für unseren Schulabschluss lernen." „Das würde mir aber schwerfallen, auf meine geliebten „**Leck**tionen" zu verzichten." „Farah, du bist unmöglich!" „Dito, Raija!"

Als wir in unseren sexy Sportoutfits das Palasthotel betraten, wurden wir gleich von einem Portier begleitet. Es schien fast so, als hätte man uns dort schon erwartet. Wir waren bemüht zu allen Personen, die uns begegneten, besonders freundlich zu sein, schließlich würden wir in etwas mehr als einem halben Jahr dort unsere Lehren zu Hotelfachfrauen beginnen. Außerdem wussten die meisten Angestellten im Palast sowieso Bescheid über unsere Profession. Schließlich arbeitete Gunnar Eriksson schon seit über zwei Jahrzehnten im Palasthotel. Wir hatten ebenfalls vor, unser ganzes weiteres Leben auf unsere zukünftige Arbeit im Hotel aufzubauen. Während ich an einigen Gästen vorbeiging, stellte ich mir die männlichen als potentielle Kunden mit erigierten Schwänzen vor. Gunnar hatte uns für die Sportübungen empfohlen Slip-Einlagen zu tragen, auch hatte er uns aufgetragen vorerst sehr zurückhaltend und schüchtern aufzutreten. Keinesfalls sollten wir anwesende Gäste von uns aus ansprechen, seine Visitenkarten hatten wir jedoch dabei. Ein attraktiver Trainer nahm sich unser an. „Gun hat mich gebeten, euch fit für euer künftiges Leben zu machen, willkommen im Club!" In unseren

Gedanken, fragten wir uns beide, wie er das wohl gemeint hatte und ob er vielleicht ein Callboy sei oder uns nur im Fitnessclub willkommen hieß? So viel Zeit zum nachdenken hatten wir nicht, denn er fing gleich mit Lockerungsübungen an. Ganz schön anstrengend für uns Untrainierte. Danach mussten wir dreißig Minuten Fahrrad fahren, allerdings auf ganz niedriger Stufe, ohne großen Kraftaufwand. Dennoch war es für uns sehr anstrengend, anstrengender als wir vorher gedacht hätten, darum waren wir auch sehr froh, als die Zeit unserer ersten Sportstunde vorbei war. Wie mit Gun besprochen, duschten wir in dem dafür vorgesehenen Bereich des Fitnessstudios; trotzdem sah man uns die Anstrengung deutlich an. Als Gun uns die Tür öffnete, lachte er uns aus. „Oh, meine Süßen, da hat Ruth aber recht gehabt, dass ihr ein bisschen Training nötig habt. Ihr seht so fertig aus, dass ihr lieber nach Hause gehen solltet. Eure nächste Lektion beginnt dafür morgen schon um siebzehn Uhr." Und schon war die Tür wieder zu und wir standen immer noch draußen. „Er hat Recht, Raija, lass uns chillen!" Als wir an unserer Garage vorbeikamen überlegten wir einen Moment, ob wir schauen sollten, wie gut Gun mit der Renovierung vorangekommen war, entschlossen uns dann aber doch lieber für einen gemütlichen Abend auf der Couch und vermieden dabei jeden zusätzlichen Meter zu gehen. Wir gingen früh schlafen und waren tatsächlich am anderen Morgen fitter als sonst, allerdings hatten wir schlimmen Muskelkater. Die Pobacken schmerzten, wie auch unsere Oberschenkel. Als wir aus der Schule kamen, hörten wir Geräusche aus der Garage. Ich fasste die Tür an, doch sie ließ sich nicht öffnen, verwundert schauten wir uns an und gingen ins Haus. Von dort aus gibt es einen zweiten Zugang zur Garage. „Hi, Gun!" Dann waren wir sprachlos und schauten mit großen Augen in die Runde. „Na, was sagt ihr? Ich bin noch lange nicht fertig, aber der Anfang ist geschafft." Die Wände wie auch die Decke waren mit Holz verkleidet worden, er war gerade dabei dieses schwarz zu streichen. „Morgen kommen die Sanitärfachleute und richten das SPA-Paradies ein." Wir bekamen daraufhin einen Lachanfall und Gunnar schüttelte den Kopf. „Was? Na wartet mal ab. Jetzt raus hier! Ich will hier fertig werden, damit ich euch dann ab siebzehn Uhr so richtig fertig machen kann. Ich glaube, ihr habt es schon wieder sehr nötig!"

Strahlend und bereit für sämtliche Schandtaten, klingelten wir um Punkt siebzehn Uhr bei Gun. Er öffnete uns mit folgenden Worten die Tür.: „Planänderung! Wir haben Besuch. Macht mir ja keine Schande und zeigt euch von eurer besten Seite!" Dann schmiss er uns wieder diese Kleider mit den Löchern für die Brüste und den Halsbändern vor die Füße. „Anziehen, aber schnell!" Er legte uns Leinen und Masken an, danach mussten wir auf allen Vieren hinter ihm herlaufen. Wir vermuteten, dass wir gleich auf Ruth treffen würden, doch es saßen zwei Pärchen um den großen Esstisch verteilt. „Oh, sind die aber süß, Gun", sagte eine aufgetakelte Blondine herablassend. „Kann man die schon ficken, Gunnar?", fragte einer der Herren. „Nein, die sind noch ganz frisch, aber sie lecken und blasen ganz hervorragend." „Auch recht. Ich wäre bereit. Wie sind denn die Konditionen, Gunnar?" „Machen wir einen Deal?" „Lass hören!" „Wenn die beiden es schaffen, euch alle vier fertig zu machen, spendierst du uns ein neues Bett aus deiner Metallkollektion. Wenn sie es noch nicht bringen, ist dieser Abend gratis." „Einverstanden!" Die Männer holten ihre Schwänze heraus und die Frauen zogen die Kleider hoch. Danach rutschten sie mit ihrem Genitalbereich an den äußeren Rand der Stühle, damit wir gut an ihre Muschis kamen. Gun schickte uns mit einem Fingerzeig unter den Tisch, unsere Leinen hielt er noch fest in der Hand, sodass wir gar nicht nah genug herankamen an unsere Arbeitsplätze. „Seid ihr bereit, dann lasse ich sie frei, die kleinen geilen Säue hier unter meinem Tisch?" Es kam viermal „Ja!", worauf Gun unverzüglich die Leinen losließ und wir uns unter dem Tisch kurz anschauten. Farah gab mir ein Zeichen, indem sie ihre Zunge kreisen ließ und mit der linken Hand Wichsbewegungen auf und ab machte, ich verstand und nickte. Sie übernahm die beiden rechtssitzenden Personen, ich die linken. Bevor ich jedoch seinen Schwanz anfing zu wichsen, nahm ich ihn einmal ganz kurz in den Mund, ließ meine Zunge mit seiner Eichel spielen, um dann mit der Hand zu wichsen. Ab dem Zeitpunkt gehörte meine Zunge überwiegend der Frauenfotze. Ich ging kräftig zur Sache. Nach kurzer Zeit hörten wir alle fünf stöhnen. „Ich werde mir einen dabei wichsen, auf meine geilen Säue!" Das war Guns Stimme, das machte uns richtig heiß und nicht nur die beiden geleckten Muschis waren zu diesem Zeitpunkt klitschnass. Ich steckte ihr mit meiner rechten Hand zwei Finger in ihre Fotze und sog an ihrem Kitzler, als sie daraufhin meine Finger quetschte, weil sie solche Zuckungen bekam und dabei laut schrie." „Ja, ja, ich komme!" Das war für mich ein großer Triumpf und Erfolg. Ich nahm mir nun den Schwanz vor und kurz bevor er explodierte, spritzte der von Farah bearbeitete Prügel. „Oh, hmmmm, ja, du geile Sau!" Nur ganz kurz später kam der andere in meinem Mund, ich saugte kräftig an ihm, während seiner Ejakulation. Umgehend eilte ich Farah zur Unterstützung bei der zweiten Frau. Jetzt, wo wir sie zu zweit bearbeiteten, stöhnte sie schon heftig. Dann hörten wir, Guns lautes Kommen und waren nicht mehr zu halten. Wir bescherten der Frau einen sehr intensiven Orgasmus. Danach blieben wir eine Weile regungslos unter dem Tisch sitzen, es herrschte fast Stille um uns herum, bis einer der Herren anfing zu reden. „Gunnar, das Bett habt ihr euch verdient. Kommt Samstag gegen vierzehn Uhr, nach Ladenschluss. Vielleicht braucht ihr ja noch etwas anderes außer dem Bett?" Offenbar seine Frau meldete sich zu Wort." „Ja, sehr gerne eine Wiederholung des Geschehens." „Wir werden pünktlich erscheinen!" Dann wandte er sich uns zu. „Kommt unter dem Tisch raus und geht in den Flur, um euch umzuziehen und wieder zu verabschieden. Ich sehe euch morgen." Sie beachteten uns nicht weiter und wir verließen das Zimmer, wie wir auch gekommen waren, auf allen Vieren laufend.

Zu Hause angekommen, putzten wir uns gründlich die Zähne, bevor wir uns auf einen Tee in die Küche setzten, um über die Ereignisse der letzten Stunde zu reden. „Was war das?" „Farah, das war unser neuer Job." Wir lächelten uns an und klatschten unsere Hände gegeneinander. Ein bisschen ärgerten wir uns darüber, dass wir am nächsten Tag erst zum Fitnesstraining verabredet waren, vor unserem geplanten Besuch bei Gun. Wir waren uns einig, dass wir uns dafür eine besondere Belohnung verdient hätten. Mittlerweile waren wir richtig geil geworden und beschlossen uns kurz gegenseitig die kleinen goldenen Dildos in den Anus zu stecken, bevor wir vorhatten unsere Spielzeuge zu benutzen. Farah stand am Wochenende schließlich noch ihr erster Arschfick durch Gun bevor, deshalb mussten wir dafür noch üben.

Unser Fitnesstraining war nicht weniger anstrengend, als das vom Mal davor. Diesmal hatten wir beschlossen, ganz in Ruhe etwas ausdauernder zu duschen. Wir drehten ganz zum Schluss sogar das

76

kalte Wasser auf, um wieder frisch zu wirken, so ganz klappte das leider nicht und Gun grinste uns wieder so komisch an, als wir vor seiner Tür standen. „Kommt herein, meine kleinen Juwelen." Als wir seine gute Stube betraten standen da zwei prächtige Blumensträuße in Wassergläsern. „Die sind für euch, das habt ihr so fantastisch gemacht. Sogar mich hat es dermaßen angeheizt, dass ich hervorragend gekommen bin. Heute tanzen und knutschen wir. Alkohol gibt es erst Samstag wieder, wenn wir erneut oben im Whirlpool beschäftigt sind." Er zwinkerte erst Farah und danach mir zu. „Sagt mal, habt ihr es euch gestern nachdem ihr zu Hause ward anständig besorgt?" „Ja, klar!" „Ich hätte darauf wetten können, das sind die besten Voraussetzungen für euren Erfolg in diesem Beruf. Ihr habt bei allen Vieren einen bleibenden Eindruck hinterlassen, ich gehe davon aus, dass ihr Samstag nach Ladenschluss im Möbelhaus ebenfalls tätig werden werdet. Da es ihnen so gut gefallen hat, nehmen wir eure Kleider und die Masken mit, Tische und Stühle gibt es dort genug. So, nun aber Knutschen und Fummeln, was haltet ihr davon?" Gun besorgte es uns zum wiederholten Mal auf dem Sofa sitzend und wir waren glücklich.

Er hat magische Hände, auch heute noch gehen wir bei dem Gedanken an Guns Massagen stöhnend in die Knie, um ihm dabei unseren Genitalbereich bestens zu präsentieren. Wir sind für all seine Lektionen und intensive Unterstützung sehr dankbar.

Als wir am Freitag von der Schule kamen, wollten wir wissen, wie weit Gun mit dem Umbau der Garage war, doch weder die Außentür noch der Zugang vom Haus aus ließen sich öffnen. Stattdessen hörten wir laute Bohrgeräusche, es schien, als würden die Wände gleich einstürzen. Omas altes Geschirr vibrierte im Schrank und wir bekamen Angst. Ich hämmerte an die Verbindungstür zur Garage und schrie: „Gun! Gun, mach auf!" Die Geräusche verstummten und man hörte ihn ganz leise rufen, „Geht zur Außentür!" Als er uns öffnete, staunten wir nicht schlecht, die Tür war dreimal so dick wie vorher. Das ganze Garagentor war neu gedämmt und verkleidet, danach fiel unser Blick in Richtung des alten WCs. „Wow! Wie hast du das denn gezaubert? Darf ich?" „Ja, geht nur hinein und schaut euch um. Ich sagte doch, dass die Sanitärfachleute kommen. Jetzt lacht ihr nicht mehr, oder?" Durch eine Glaswand sah man eine kleine gemauerte Wand, dahinter befand sich die Toilette sowie ein Bidet. Aber die Hauptattraktion war diese Doppeldusche mit Sitzbank. Mindestens fünf Öffnungen für unterschiedliche Wasserstrahl-Varianten waren zu erkennen. Erst auf den zweiten Blick entdeckte ich einen kleinen Eckwhirlpool mit Holzverkleidung und einigen weiteren, mir sich zu dem Zeitpunkt noch nicht erschließenden, Details. Zwei Designer Waschbecken waren auf diesen wenigen Quadratmetern auch noch untergebracht. „Hast du das alles selbst geplant, Gun? Das ist perfekt!" „Ja, wenn wir am Samstag bei Peer sind, kaufen wir uns Luxus-Handtücher, extra flauschig." Er schaute uns mit großen Augen an, dann schüttelte er seinen Kopf. „Ich will mich durch euch jetzt nicht von meiner Arbeit ablenken lassen, geht nun wieder, um achtzehn Uhr bei mir! Ach, lernt jetzt für eure Schule, ich will, dass eure Noten sich verbessern."

Super Arbeitsplatz, diese Garage, da waren wir uns sicher, doch für die Schule lernen war eigentlich nicht geplant an diesem Wochenende. „Wenn er sich jetzt auch noch in unsere schulischen Belange einmischt, dann haben wir nicht mehr viel Zeit für uns." „Farah, so wird es kommen. Wenn ich ihn richtig verstanden habe, gehört im zweiten Teil unsere Ausbildung neben allen sexuellen Raffinessen", ich musste Lachen, weil meine Worte so hochtrabend klangen, „auch die Schulung unserer Allgemeinbildung dazu. Wir werden überwiegend gebildete und reiche Freier bedienen, sobald wir soweit sind." „Dann ist es für uns bestimmt leichter, wenn wir tatsächlich daran arbeiten, unsere Noten jetzt schon zu verbessern." Wir zogen beide unsere Augenbrauen weit nach oben und seufzten danach laut. „Edelhuren?" „Edelhuren!" Wir fingen mit Politikwissenschaft an und vertieften uns in die Materie. Stunde um Stunde recherchierten wir im Internet. Tatsächlich brachten uns politische Erkenntnisse in unserer allgemeinen Weltanschauung weiter als wir vermutet hatten. „Raija!", schrie Farah mit einem Mal auf, „Es ist fünf nach Sechs!" Wir ließen alles stehen und liegen und rannten in unseren Puschen und ohne Jacke rüber zu Gun. „Gerade noch im Rahmen der Toleranz. Aber euer Aussehen lässt zu wünschen übrig, auch ist es zu dieser Jahreszeit zu kalt, um ohne Jacke draußen herum zu laufen. Was ist passiert, dass ihr die Zeit vergessen habt?" „Politikwissenschaften!", kam gleich doppelt. „Wir haben nach deiner Anweisung gelernt und uns umfassend gebildet, dabei ist uns die Zeit davongelaufen. Entschuldigung!" Er legte seinen Kopf leicht schief, „Entschuldigung akzeptiert, aber die Hausschuhe bleiben hier im Flur. Ach, eigentlich könnt ihr euch gleich ganz ausziehen und danach ab nach oben. Da die Umstände sich gerade ein klein wenig geändert haben, muss ich noch einen Gegenstand aus dem Keller holen. Wir sehen uns gleich oben!"

Der Whirlpool war gefüllt und ein Sektkühler stand bereit. Es dauerte mindestens fünf Minuten, bis Gun oben bei uns erschien. Sein Anblick versetzte uns in eine Art Trance. Er hatte einen enganliegenden Lackanzug an, komplett bis über den Kopf gezogen. Nur für Augen, Nase, Mund und seinen Schwanz waren Löcher vorhanden. Er stand nun leicht breitbeinig vor uns, sein erigierter Penis ragte uns entgegen, während er in seinen von Lackhandschuhen ummantelten Händen einen dicken Stock mit einer breiten Lederspitze hielt. Er klatschte damit viermal auf seine linke Hand und von Schlag zu Schlag wuchs sein Schwanz weiter, so kam es uns vor. „Jetzt werdet ihr bekommen, was ihr euch verdient habt. Hinknien und Beine breit!" Ich war allein schon durch seine Ausstrahlung so nass und geil geworden, dass ich den Schlag zwischen meine Beine genoss, während Farah fiepte. „Bleibt!" Kurze Zeit später ölte er uns komplett ein und schickte uns danach in den mittlerweile stark blubbernden Whirlpool. „Ich werde gleich eure Ärsche ficken, das macht mich jetzt schon so heiß." Er schenkte uns Sekt ein und wir tranken auf die Schnelle jede zwei Gläser aus. Auch dieses Mal hatte er zwei Dildos parat, die er in unsere hintere Öffnung gleiten ließ. Mir befahl er, mich mit dem Arsch wieder gegen den Beckenrand zu drücken, während Farah von ihm drangenommen wurde. Er war bemüht nicht zu stark zuzustoßen, doch er war sehr geil. Zum Glück kam er schnell, denn ich merkte, dass Farah nicht so ganz glücklich wirkte, was mir sehr leidtat. Danach wandte er sich ihr zu und küsste sie. Schon bei dem zweiten Kuss war sie wieder die Alte und forderte ihren Orgasmus ein. Ich hatte vollstes Verständnis, dass er sich in diesem Moment ausschließlich um sie kümmerte. „Meine Süßen," sagte er uns zugewandt, „wenn Weihnachten vorbei ist, und ihr euren ersten Fickfreier beglückt habt, danach werden wir ficken, ficken und nochmals ficken! Lasst uns noch einen Moment chillen, dann könnt ihr wieder gehen. Ich habe heute Abend noch einen sehr gewinnbringenden Job zu erledigen in Suite 405 im Palast." Er grinste bis über beide Ohren und wir verstanden nicht, was er damit meint. „Wie meinst du das, Gun?" „Ach, Raija, jetzt tu nicht so. Das habt ihr doch wohl inzwischen schon mitbekommen?" „Was mitbekommen?", fragte Farah. „Also wirklich, wer ist hier der geilste Stecher auf Amelug?" Wir schauten ihn entsetzt an und er fing daraufhin an zu lachen. „Das tut mir jetzt leid, aber auch ich verdiene mir seit über zwanzig Jahren regelmäßig etwas dazu. Reiche einsame oder vernachlässigte Frauen lassen es sich von mir nach allen Regeln der Kunst besorgen. Und ich beherrsche sie alle." Wir waren so geschockt, dass wir gar nichts sagen konnten. Farah nahm die Flasche an den Hals und kippte den letzten Schluck einfach so runter. Gunnar verlor daraufhin kurz seine freundlichen Gesichtszüge. „Gut, bevor es noch ausartet, geht ihr jetzt bitte nach Hause. Wir treffen uns morgen wieder gut gelaunt um dreizehn Uhr." Wir sagten keinen Ton und drehten uns auch nicht mehr nach ihm um, als wir das Haus verließen.

Dieser Schock saß tief. Ich öffnete eine Flasche Wein, als Farah und ich in unserer Küche saßen, um uns zu trösten. „Das hat scheiße wehgetan und dann so etwas." Ich tröstete sie. „Du warst sehr tapfer. Wir werden es lernen zu genießen und üben weiter, genauso wie Ruth es uns erklärt hat." „Ja, ihr macht es ja schließlich Spaß, dann kriegen wir das auch noch hin." Wir tranken jeder noch ein einziges Glas Wein und beschlossen dann gemeinsam, dass es für diesen

Tag reichen würde. „Raija?" „Ja, was ist los?" Sie lächelte mich an. „Ich freue mich wirklich schon auf morgen Nachmittag im Möbelhaus. Ich habe darüber nachgedacht und mir hat es letztes Mal großen Spaß gebracht, sie kommen zu lassen." Wir kicherten und alles war für den Moment wieder in Ordnung. Nächste Woche würde auch endlich das große Versorgungsschiff kommen, wir waren doch schon so gespannt auf unsere neuen Kleider und Schuhe.

Am Samstagmorgen wurden wir von lauten Bohrgeräuschen aus unserem Schönheitsschlaf gerissen. Zerzaust trafen wir uns in der Küche und brühten uns einen starken Kaffee auf. Als Friedensangebot nahmen wir auch eine Tasse für Gun mit, doch der Blick in den alten Flurspiegel hielt uns davon ab, so wie wir aussahen, das Haus zu verlassen. In Windeseile stylten wir uns und ich quetschte mich in die XS-Jeans. Diesmal trommelten wir von außen mit unseren Fäusten gegen die Tür, das Tablett hatte ich vorher abgestellt. Gun freute sich sichtlich über unseren Besuch und nahm uns in die Arme, um jeder von uns einen ausgiebigen Zungenkuss zu verpassen. „Oh, der Kaffee ist aber nicht richtig heiß. Peer hat mit Sicherheit eine Auswahl an Kaffeevollautomaten, da schauen wir nachher nach. Ist alles in Ordnung bei euch? Wie geht es dir Farah?" „Es tat weh, aber es geht schon wieder." Gun nahm sie in den Arm und knuddelte sie. „Es geht von mal zu mal leichter und in ein paar Monaten werdet ihr es genießen, von mir anständig in den Arsch gefickt zu werden." Die Garage hatte sich schon wieder verändert. Er hatte die Decke gedämmt und viele Lichtspots eingebaut. Als ich nach oben schaute, nahm er eine Fernbedienung und demonstrierte uns sein Können in Sachen Elektrotechnik. Von fast dunkel bis strahlend hell war alles drin, sogar zwei Rotlichtstrahler hatte er eingebaut. Mir fielen zwei Ösen unter der Decke auf und Gun sprach mit verführerischer Stimme zu uns. „Da hängen wir dann auch die Liebesschaukeln ein." Danach zeigte er an die gegenüberliegende Wand. „Da kommt ein rotes Plüschsofa hin, davor kommen zwei Stangen, an denen ihr das Tanzen üben werdet. Übrigens, da hinten wird ein Käfig mit vielen Extras eingebaut. Hier kann es so richtig zur Sache gehen. Macht euch das schon an?" Wir nickten und er schickte uns raus aus der Garage, mit der Auflage nicht an uns zu spielen, damit wir diese Geilheit nachher mit ins Möbelhaus nehmen würden.

Pünktlich wie immer, oder besser gesagt wie fast immer, standen wir mit einem breiten Grinsen vor Guns Tür. „Oh, das freut mich, euch so gut gelaunt zu sehen. Habt ihr Bock auf euren Job?" „Ja!" Ja!" „Ich liebe euch, meine Süßen, das mit uns dreien wird etwas ganz Großes, da bin ich mir sicher." Er zog uns eine nach der anderen durch seine Tür und fing an mit uns zu knutschen. Ich griff ihm zwischen die Beine und er stöhnte. „Meint ihr, dass ihr das schafft, mir noch schnell einen zu blasen, bevor wir losfahren?"

Das ließen wir uns nicht zweimal sagen. Das war eine perfekte Teamarbeit von Farah und mir. Wir wussten, dass das Gun so richtig anheizen würde. Wir wurden tatsächlich mit jedem abgewichsten Schwanz besser und routinierter. Richtig gut gelaunt fuhren wir drei zu unserem Termin ins Möbelhaus. Die letzten Kunden- und Mitarbeiterautos fuhren gerade vom Parkplatz. Als wir einparkten stand Peer in der Tür und winkte uns zwinkernd zu sich heran. Nachdem wir eingetreten waren, schloss er die Ladentür ab. „Die Mädels würden sich gerne umziehen, Peer. Wo passt es denn?" „1. Stock im Wickelraum, da ist am meisten Platz." Wir fanden das witzig, woraufhin Gun nur einmal kurz seine Augenbrauen hochzog und wir daraufhin wieder zu unserer Professionalität zurückfanden. Wir warteten auf Gun, der uns abholen sollte, doch er kam und kam nicht. Inzwischen überlegten wir, ob wir einfach so hinausgehen sollten, beschlossen dann aber doch noch eine halbe Stunde länger zu warten. Nach wirklich langer Wartezeit ging endlich die Tür auf und Gun kam freudestrahlend herein. „Tut mir leid, dass es so lange gedauert hat, ich habe eingekauft. Handtücher, einen Kaffeevollautomaten, ein Metallbett der Oberklasse, Satinbettwäsche, einen Sektkühler mit Ständer. Wir packen nachher zu Hause aus, bis auf das Bett ist schon alles im Kofferraum. Ich habe auch ein paar Überraschungen für euch dabei." Er sah uns an, dass diese Wartezeit uns etwas abgekühlt hatte. „Kommt mal her, einen schnellen Kuss kann keiner verwehren." Er kniete sich hin und leckte uns kurz an. „Na, geht es euch nun besser? Zu Hause gibt es Belohnungen, jetzt bitte ich euch, einen guten Job abzuliefern!" Diesmal schnallte er die Leinen nicht am Halsband an, sondern fixierte sie mittig an unseren Rücken „Noch dürft ihr aufrecht gehen, bis ihr das Kommando „Runter!" bekommt. Ihr sprecht nur, wenn ich es vorher erlaube. Alles klar? Kann es losgehen?" Wir nickten und er schickte uns voran. Wir sahen Peer und seine Frau etwas weiter hinten in einem Esszimmer nach uns winken. „So, hier bringe ich euch eure kleinen Freuden. Wie hättet ihr es denn gerne?" „Gunnar, wir haben uns da ein für uns ganz besonders reizvolles Szenario ausgedacht." „Na dann lass mal hören." Sylvana hat die Fantasie von dir gefickt werden, während eine deiner Kleinen sie leckt. Von der anderen lasse ich mir sehr gerne wieder einen Blasen. Ist das möglich?" „Es wird uns eine große Freude bereiten, euch fertig zu machen." Sein Blick wanderte zu der Frau. „Sylvana, Liebes, möchtest du es heute von mir und Farah besorgt bekommen, während dein Mann einen geblasen bekommt?" Sie kniete sich breitbeinig auf den Fußboden. Farah legte sich ohne zu zögern neben Sylvana, die sich daraufhin mit einer schnellen Bewegung über Farah kniete. Sie stöhnte und Gun gab ihr einen Klapps auf ihren wohlgeformten Hintern. Peer hatte schon angefangen zu wichsen und ich kniete mich vor ihn und öffnete meinen Mund. Peer fing an mir heftig in meinen Mund zu ficken, nachdem er zusah, wie Gun in seine Frau eindrang und es ihr zusammen mit Farahs Hilfe richtig besorgte. Sylvana stöhnte laut und Peer kam in Rage, ich brauchte gar nicht viel zu tun, der Blick auf seine heftig bearbeitete Frau erregte ihn dermaßen, dass er mir eine gewaltige Ladung Sperma in meinen Mund schoss. Ich konnte es nicht alles schlucken und ließ einen Teil einfach aus meinem Mund herauslaufen. Besser als würgen, dachte ich in diesem Moment. Gun fickte Sylvana heftig durch, sie schrie laut während sie kam und alle waren glücklich. Gun schickte uns mit seinen Blicken zurück in den Wickelraum, damit wir uns wieder umziehen sollten.

Kurze Zeit später saßen wir gemeinsam im Auto, als Guns Handy klingelte. „Vito", hörten wir ihn sagen und ahnten schon, wonach er wohl fragen würde. „Was hältst du denn davon, wenn wir in fünf Minuten bei euch sind? Ihr habt doch gerade Mittagspause, oder?" Gun drehte seinen Kopf um und zwinkerte uns zu. „Perfekt, wir sind gleich bei euch." Wir fuhren auf dem direkten Weg zur Pizzeria. Gun hatte uns gebeten, die Partner zu tauschen, doch als Farah auf Vito zugehen wollte rief Marco. „Komm zu mir! Ich will dich!" Vito hatte seinen Schwanz schon aus der Hose geholt, und angefangen ihn zu bearbeiten. Als ich mich hinkniete packte er meinen Kopf und zog ihn über seinen Schwanz. Ich konzentrierte mich auf meine Arbeit und dachte an unsere Bananenübungen. Mit meiner linken Hand war ich an seinen Eiern. „Ja, du Sau!" Danach ließ er sich von mir seinen Schwanz so bearbeiten, wie ich es am besten konnte. Kurz bevor er kam, hörte ich ihn auch wieder auf italienisch stöhnen. Das war erneut ein geiler Triumpf von Farah und mir. Marco sowie Vito waren begeistert und zückten ihre Geldbörsen, in diesem Moment wichen wir beide einen Schritt zurück und deuteten auf Gun. Er schickte uns ins Auto und regelte das Finanzielle mit unseren Stammkunden. Im Wagen sitzend hatten wir ein paar Minuten für uns. „Farah, hat dir der Tag auch so gut gefallen wie mir?" „Ja, ich glaube, das ist genau unser Ding. Wenn wir nur endlich ficken könnten." Wir seufzten in dem Moment als Gun die Fahrertür öffnete. „Was ist mit euch, das hat doch alles perfekt hingehauen? Ihr wart erste Sahne, meine Süßen." „Ja, aber wir wollen endlich ficken!" „Da sprechen wir nachher in Ruhe noch einmal darüber. Ich habe auch noch weitere Neuigkeiten für euch. Wir fuhren an einem Tattoo-Studio vorbei und ich fragte, ob er etwas gegen ein Tattoo hätte? „Auf gar keinen Fall. Ich verbiete euch jegliche Tattoos oder auch Piercings. Eure Haut soll so rein bleiben, wie sie derzeit erstrahlt. Ein bisschen Sonnenbank vielleicht, aber auch nur ganz leicht dosiert." Er überlegte einen Moment. „Ich habe Hunger, Vito habe ich bewusst nicht gefragt", er grinste zu uns herüber. „Wie sieht es denn mit euch aus? Wollen wir im Restaurant des

Palasts schön speisen gehen?" „So, wie wir sind?" „Ja, um diese Uhrzeit ist das gar kein Problem oder habt ihr sichtbare Spermaflecken?" Farah kontrollierte mein Oberteil und ich ihres. „Nein, alles sauber."

Schon der erste Schritt in das Palasthotel ließ uns staunen, nicht dass wir noch nie dort gewesen wären, doch es waren gute zwölf Jahre seit unserem letzten Besuch vergangen. Opas siebzigsten Geburtstag hatten wir damals hier im Palast gefeiert. Mir kam es jetzt noch beeindruckender vor als zur Kinderzeit. Freundlich wurden wir begrüßt, Gun schien sie alle zu kennen, Gäste sowie das Personal. Ein Kellner führte uns an einen Ecktisch mit Blick auf die offene See, ein leichter Wellengang ließ uns fasziniert nach draußen schauen. „Zu dieser Jahreszeit ist es fast noch schöner als im Sommer." Gun nahm die Karte und fragte uns gar nicht erst, was wir essen wollten. Er bestellte mindestens sechs verschiedene Gerichte und wir staunten nicht schlecht. Ein wenig enttäuscht waren wir dann, als wir Mineralwasser und Gun aber ein Hefeweizen serviert bekam. Als nächstes wurde eine große Platte Antipasti mittig auf unseren Tisch gestellt. Gun forderte uns auf zu probieren. Ich hatte noch nie zuvor Oliven gegessen, fast hätte ich sie wieder ausgespuckt, nur sein strenger Blick hielt mich davon ab. Die gefüllten Tomaten waren sehr lecker. Das Hauptgericht bestand aus verschiedenen Fischsorten, damit waren wir vertraut und genossen unser Essen. Die größte Überraschung kam dann aber zum Schluss. Der Kellner kam mit zwei großen Platten und stellte eine an meinen Platz und die zweite vor Farah ab. Wir strahlten und Gun freute sich mit uns. „Das habe ich mir doch gedacht, dass ihr euch darüber freut, wo ihr doch letztes Mal auf euer Dessert verzichten musstet. Lasst es euch schmecken. Ihr habt jede eine Nachspeisenplatte Deluxe für jeweils zwei Personen vor euch stehen. Ich werde ein klein wenig davon naschen, ich denke das reicht für uns drei."

Nach dem Essen und den vorangegangenen Sexjobs waren wir alle drei ziemlich erschöpft. Auf dem Weg durch die große Empfangshalle winkten zwei Damen mittleren Alters in Richtung Gun. „Geht ihr schon zum Auto, ich bin gleich da", hieß es und er drückte Farah seinen Autoschlüssel in die Hand. Wir fragten uns, ob die perfekt gestylten Ladies aus unserem Metier kamen oder vielleicht Kundinnen von Gun waren? Inzwischen waren diese Gedanken schon nicht mehr so verletzend, wir gewöhnten uns daran, mit der Realität umzugehen und sie zu akzeptieren. Nach ein paar Minuten kam Gun an das Auto. „Bitte steigt wieder aus, ihr werdet heute zu Fuß nach Hause gehen, das ist sowieso gut für eure Figur, nach diesem Dessert." Er lächelte, doch wir schauten ihn nur fragend an. „Ja, ja, wir hatten vereinbart ehrlich zu sein, dann bin ich es auch. Ich habe eben einen Job für die ganze Nacht angenommen. Lasst mich morgen ausschlafen, ich melde mich, sobald ich wieder fit bin." Mit einem breiten Grinsen fügte er hinzu. „Das kann aber dauern, ich bediene den Doppelpack." Er drehte sich danach noch einmal zu uns um und rief uns laut zu, sodass es jeder hören konnte: „Nutzt die Zeit und lernt schön für eure Schule!"

Auf unserem Fußmarsch vermieden wir das Thema Gun, das wäre zu gefährlich. Kein Mensch durfte etwas von unseren ganz vertraulichen Gesprächen mitbekommen. Erst als wir endlich zu Hause angekommen waren und in unserer Küche saßen, fingen wir an zu lästern. „Hätte er uns nicht nach Hause fahren können? Er hat versprochen, sich um uns zu kümmern. Erst fickt er Sylvana und jetzt noch die ganze Nacht die Touri-Omas." „Hmmm, das ist unser Job, ich bin mir sicher, wir bekommen unsere Belohnungen noch. Wollen wir eine Stunde Mathe machen und danach chillen?" So lernten wir dann also Geometrie, Flächenberechnungen in den verschiedensten Varianten. „Ich habe keine Lust mehr, Raija. Wie spät ist es denn?" Wir schauten auf Omas alte Küchenuhr, tatsächlich hatten wir nun fast zwei Stunden gelernt. Stolz klappten wir die Hefte und Bücher zu. Mein Handy klingelte ziemlich zeitgleich, Mads Johansson, lud uns auf eine Party ein. Wir hätten so gerne zugesagt, doch Gun hatte es uns grundsätzlich verboten ohne ihn feiern zu gehen. Fragen konnten wir ihn nun ja leider auch nicht und schweren Herzens sagten wir ab. Den ganzen Abend dachten wir an nichts anderes, als an diese Party.

Sonntag schliefen wir sehr lange, keine Bohrgeräusche oder anderer Lärm weckte uns. Farah öffnete die Haustür und steckte ihren Kopf hinaus. „Mach die Tür zu, es wird kalt", rief ich ihr zu. „Sein Auto ist nicht da. Langsam reicht es aber, wir sind heute auch noch dran." Nach dieser Aussage meiner Cousine amüsierten wir uns über uns selbst. Wir gingen in die Küche, kochten Kaffee und aßen dazu frisch gekochte Eier auf Toast. Unsere Schulsachen lagen noch dort und wir lernten tatsächlich weiter bis es an der Tür klopfte. Gun stand gutgelaunt und frisch gestylt vor uns und wir forderten ihn auf einen Kaffee mit uns zu trinken. „Ah, wartet einen Moment", er verschwand kurz und kam danach mit einem Kaffeevollautomaten zurück. Es dauerte fast eine halbe Stunde, bis wir den ersten Kaffee testen konnten und waren begeistert von dessen intensiven Geschmack. Das mit der Milchaufschäumung klappte auch perfekt. Gun bemerkte unsere Schulsachen und lobte uns. „Lasst uns rüber gehen, ich habe etwas für euch vorbereitet", sagte er und fasste uns zwischen unsere Beine. Das war als hätte er damit einen Schalter umgelegt, von einer Sekunde auf die andere wurden wir geil und freuten uns schon sehr darauf, von ihm dominiert und befriedigt zu werden. Wir konnten gar nicht schnell genug zu ihm in sein Haus kommen. Schon im Flur stoppte er unsere Dynamik. „Ruhig, ihr redet mir heute zu viel", er lächelte uns an, während er in seiner Hand zwei Knebel hielt. Im ersten Moment waren wir enttäuscht darüber, doch Gun wusste ganz genau, was er tat und wie er es zu tun hatte. Er befahl Farah und mich in sein Wohnzimmer. Dort standen wieder zwei Stühle, Rückenlehne an Rückenlehne. „Setzt euch!" Als es an der Tür klingelte erschraken wir, doch Guns Grinsen, ließ auf eine Belohnung der besonderen Art schließen. Zwei der Fitnesstrainer aus dem Palasthotel standen plötzlich in der Tür. „Jetzt dürfen die Jungs mal bei euch beiden üben. Aber Vorsicht, die Muschis bleiben unversehrt, kein Finger, kein Nichts!" Die Jungs gaben sich richtig Mühe, doch nach einer Weile schritt Gun ein. „So, passt gut auf, jetzt zeige ich euch, wie ihr sie explodieren lassen könnt." Er fasste mir heftig zwischen meine Beine und danach spielte er mit seiner Zunge Achterbahn um meinen Kitzler, während der Handballen seiner linken Hand immer wieder auf meinen Vaginaleingang ging und dann wieder zurückgezogen wurde. Nach fünf bis sechs dieser intensiven Berührungen bekam ich meinen Orgasmus. Bei Farah ging es sogar noch schneller. Gun fragte uns, ob die Jungs mal ein paar Handgriffe an unseren Fotzen üben dürften und wir waren einverstanden. Nach ein paar Versuchen, wurden ihre Berührungen schon treffender und wir verspürten erneute Lustgefühle, bis Gun das Szenario beendete. Der eine stöhnte und fasste sich an sein deutlich sichtbar erigiertes Glied. Seine Jeans strammte sehr. Gun wandte sich uns zu, „wenn ihr Lust dazu habt, dürft ihr ihnen Erleichterung verschaffen, wenn nicht, werden sie heute so wieder gehen müssen." Wir waren verunsichert und Gun entschied für uns. „Pech gehabt, Jungs, vielleicht ja ein anderes Mal, wir sehen uns dann morgen im Palast." Nachdem sie verschwunden waren, legte Gun eine seiner Lieblingsplatten auf und wir tanzten und knutschten eine Weile, bis Farah und ich seinen Schwanz gekonnt explodieren ließen. Danach gestanden wir uns unsere Liebe und das ist bis heute so geblieben. Nur die Perspektive hat sich mittlerweile deutlich gewandelt. Wenn wir ihn brauchen, unseren Gun, dann ist er für uns da und umgekehrt genauso. Wir sehen uns immer noch nahezu täglich, da wir alle drei nach wie vor im Palasthotel arbeiten und obendrein immer noch Nachbarn sind, auch unsere Garage ist immer noch das, was Gun daraus gemacht hat. Unser Mentor hat sich in den letzten zehn Jahren kaum verändert, allerdings hat er uns gestanden, dass er nicht mehr so viele Aufträge annehmen kann wie noch vor ein paar Jahren. Wie wir nach und nach erfahren mussten, arbeiten nicht nur Frauen, sondern auch Männer für Gun. Mittlerweile schockiert uns nicht mehr viel, dennoch sind Farah und ich immer noch dankbar für Guns hervorragende und liebevolle Ausbildung.

In den nächsten zwei Wochen bis zu Androsz Weihnachtsbesuch bei seinem Vater, sahen wir Gun nicht so häufig wie davor. Mit Hochdruck arbeitete er an dem Garagenausbau. Wir hatten inzwischen das

Verbot bekommen, diesen „Raum der Lüste", wie er inzwischen unter uns hieß, zu betreten. Leider waren wir sehr neugierig und eines Tages klingelte es am frühen Nachmittag bei uns zu Hause an der Tür. Ein Elektriker-Fahrzeug stand auf der Einfahrt, wir erhielten den Garagenschlüssel von ihm, mit der Bitte ihn Gun auszuhändigen. Der Elektriker hätte seine Arbeit erfolgreich abgeschlossen und bräuchte den Schlüssel nun nicht mehr. Kurz bevor er gehen wollte, fragte er uns, was denn so eine Spezialbehandlung kosten würde? Farah drückte ihm eine Visitenkarte von Gun in die Hand, nicht ohne ihn einmal verführerisch anzulächeln. Nachdem er weggefahren war, kicherten wir. „Der holt sich bestimmt gleich einen runter." „Ja, heimlich im Klo." Wir amüsierten uns darüber und hofften natürlich, dass wir ihn bald wiedersehen würden. Dann schauten wir uns fragend an. Farahs Blick ging erst zu mir, dann zu dem Schlüssel in ihrer Hand und dann erneut zu mir. „Scheiße, Farah, es läuft gerade so gut mit uns dreien. Gun wird stocksauer, wenn er das mitbekommt." „Wie soll er denn? Guns Schicht geht noch zwei Stunden." „Okay, dann aber jetzt!" Wir eilten nach draußen und schauten uns nach allen Seiten um, bevor wir die Tür aufschlossen und hineingingen. Ein Bewegungsmelder spendete uns eine Art Notbeleuchtung. Wir waren fasziniert, es war alles ganz genauso geworden wie Gun es geplant hatte. Ein einladendes ausladendes Plüschsofa, zwei Stangen zum „Tanzen", der Käfig war der Hammer, lauter Fesseln waren an den Stäben befestigt, mehrere mittelgroße Öffnungen, bei denen wir nicht wussten, wozu sie gut sein sollten. Während wir am Schauen waren, wurde mit einem Mal völlig unerwartet die Tür aufgerissen und Gun funkelte uns mit bösen Augen an. „Was macht ihr denn hier? Habe ich euch nicht verboten hier reinzuschauen? Ihr habt mir jetzt die ganze Überraschung für euch verdorben. Wie kommt ihr dazu, gegen meine Anweisungen zu handeln?" Unser ganzes Flehen und Entschuldigen nützte nichts, Farah machte es nur noch schlimmer indem sie behauptete, dass Gun doch eigentlich noch gar keinen Feierabend hätte. Er zückte sein Handy und zeigte uns einen kleinen Film, sogar mit Ton, darauf waren wir gut zu erkennen. „Was glaubt ihr denn, was der Elektriker hier gemacht hat? Fünf Minuten nachdem er mir geschrieben hat, dass die Alarmanlage fertig installiert ist, ging der Alarm los. So, Schlüssel her! Ich muss zurück zur Arbeit. Ihr könnt euch auf eine Strafarbeit einrichten, ich lasse mir etwas ganz Besonderes für euch einfallen, selbst schuld!" Er befahl uns, uns nackt auszuziehen und in den Käfig zu steigen, danach ging das Licht aus und wir warteten und warteten. Zum Glück war es nicht so kalt, später erfuhren wir, dass Gun eine Fußbodenheizung verlegt hatte. Unsere Handys hatte er zusammen mit der Kleidung in eine Schublade unter dem Plüschsofa verschwinden lassen. Wir schätzten, dass es drei Stunden dauerte, bis sich die Tür öffnete. Wie wir schon befürchtet hatten, kam er nicht allein zur Tür herein. Die halbe männliche Belegschaft des Palasthotels stand hinter Gun und wir ahnten, was gleich kommen würde. „So meine Herren, gleich kann die versprochene Spritztour beginnen." Der Käfig war auf Rädern, was wir bis dahin noch gar nicht bemerkt hatten und Gun rollte uns in die Mitte des Raumes. „Ich wünsche euch gleich viel Spaß, sie wichsen und blasen euch alle zum Höhepunkt. Los geht's!" Wir schauten uns bewusst nicht an und taten unsere Arbeit so gut wir konnten. Innerhalb von wenigen Minuten steckten sie uns vier Schwänze zum Abschuss bereit durch die Gitterstäbe entgegen, weitere warteten einsatzbereit auf ihre Chance. Die Blöße hier zu versagen, wollten wir uns vor unserem Meister nicht geben. Einen konnte ich jedoch nicht in den Mund nehmen, er stank dermaßen nach Urin, das ging einfach nicht. Aber, wir wären keine angehenden Profis, wenn wir dafür nicht auch einen Trick parat hätten. Genauso, wie wir es im Tutorial gelernt hatten, spuckte ich wiederholt auf seine Eichel und wichste ihn nach und nach sauber, bevor ich ihm mit meiner Zunge dann doch noch den Rest gab. Gun stand hinten in einer Ecke und beobachtete das Szenario. Er spielte weder an sich herum, noch zeigte er irgendwelche Regungen. Ich weiß nicht, wie lange es gedauert hat, aber wir haben sie alle abgewichst und ganz langsam kam das

Lächeln von Gun zurück und er näherte sich unserem Käfig. „Na, Jungs, seid ihr zufrieden?" Das waren sie, dafür hatten wir gesorgt. „Schaut sie euch an, meine kleinen Säue, über und über mit Sperma bedeckt, das ist doch ein Andenken wert, oder?" Er holte seine Kamera und knipste mindestens zwanzig Bilder. Danach verabschiedete er die Ameluger Fußballmannschaft und wandte sich uns zu. „Das macht ihr nicht noch einmal. Für ein Vergehen dieser Art wird es schlimme Strafen für euch geben!" Er schaute uns böse an, was uns ganz verunsicherte. Eigentlich hatten wir jetzt ein Lob erwartet, das kam aber nicht. Stattdessen öffnete er nur den Käfig. „Geht ins Bad und wascht euch! Eure Klamotten sind in der linken Schublade unter dem Sofa. Nehmt den Schlüssel, sobald ihr angezogen seid, verschwindet ihr hier. Eure nächste Lektion beginnt pünktlich in fünfundvierzig Minuten, den Schlüssel bringt ihr mit." Weg war er und wir standen da, über und über mit Sperma bespritzt, unsere ganzen Oberkörper waren nass. „Was hältst du davon, wenn wir die Dusche ausprobieren, Farah? Ich meine, dass wir uns das verdient haben." „Ja, das machen wir." Es stellte sich als eine kleine Herausforderung dar, die richtigen Knöpfe zu bedienen, um eine angenehme Wassertemperatur sowie den passenden Strahl zu bekommen. Als wir es aber endlich geschafft hatten, machte es uns richtig Spaß. Schade nur, dass noch kein Duschgel vorhanden war.

Relativ entspannt standen wir pünktlich vor Guns Haustür. „Aus euch werde ich nicht schlau", sagte er und schüttelte seinen Kopf. „Wieso seid ihr denn jetzt so gut gelaunt? Ich dachte euch gerade ordentlich bestraft zu haben?" Wir mussten tatsächlich kichern und Gun schmolz dahin. „Euch kann man einfach nicht lange böse sein, ich liebe euch!" Gemeinsam drückten wir ihn und er war wieder glücklich in seinem Element. „Habt ihr Hunger?" „Ach", sagte Farah mit einem deutlich vulgären Unterton, „ich hatte gerade Sperma satt!" „Gun?" „Ja, Raija, was ist denn?" „Die Dusche ist der Hammer, aber wir brauchen Duschgel und Haarshampoo." „Oh, habt ihr die Dusche etwa ohne mich eingeweiht?" „Leider ja, du warst so schnell weg." „Raija!" „Entschuldigung!" „Okay, lasst uns mal zu Vito fahren." „Während der normalen Öffnungszeit?" „Farah, wir haben da noch einen Essensgutschein, mehr ist auch heute nicht geplant. Auf dem Weg dahin halten wir an der Parfümerie an, aber bitte kein starkes Parfum kaufen, das schreckt einige Freier ab. Kauft lieber tolles Duschgel und was ihr sonst noch so in eure Badschränke stellen möchtet." „In unsere Badschränke?", antworteten wir fast zeitgleich. „Zeige ich euch später, ab ins Auto!" Als wir ausstiegen drückte er uns jeder einen mittleren Schein in die Hand und bat uns, ihn nicht zulange im Auto warten zu lassen. Wir hätten Stunden dort verbringen können, denn uns wurde angeboten, eine neue

Kosmetikserie zu testen und kostenlos geschminkt zu werden. Schweren Herzens lehnten wir ab und konzentrierten uns auf das Wesentliche. Wir bekamen noch ein paar Proben dazu geschenkt und verließen den Laden strahlend. „Na, hat es euch da drin gefallen?" „Ja, wir hätten uns sogar noch kostenlos schminken lassen können, das hätte aber wohl zu lange gedauert." Gun überlegte einen Moment bevor er dann aber doch losfuhr. Vito strahlte uns an, als wir den Laden betraten und ich lächelte freundlich zurück. Er wies uns einen schönen Fensterplatz zu und brachte die Karten. „Darf ich selbst auswählen?" „Natürlich, sucht euch das aus, was ihr essen möchtet. trinkt aber bitte nur Wasser." Nach dem Essen schickte Gun uns zum Auto, während er noch kurz mit Vito tuschelte. „Meinst du, dass wir hier heute Abend noch einmal herfahren?" „Warum nicht, könnte sein, so wie Vito mich angeschaut hat." Wir kicherten immer noch, als Gun die Tür öffnete. „So, ab in die Garage mit euch!" Dort angekommen öffnete er uns die Tür und tippte danach umgehend ein paar Zahlen in ein Bedienerfeld neben der Tür. Gun warf uns kurz einen strengen Blick zu, bevor er dann doch lächeln musste. „Wollen wir das neue Duschgel ausprobieren?" Kaum hatte er das ausgesprochen standen wir auch schon unter der Dusche. Es dauerte ein Weilchen, bis er die richtigen Knöpfe gefunden hatte, wir ließen ihn üben und amüsierten uns dabei. „Herrlich, ist das nicht Klasse?" Gun war genauso begeistert wie wir. Nur die Auswahl unseres Duschgels missfiel ihm. „Oh, ich stinke, wie eine Puffmutter." Das hätte er nicht sagen dürfen. Dummerweise trafen sich Farahs und mein Blick in genau dem Moment, als er den Satz aussprach und wir bekamen einen richtigen Lachkrampf. „Jetzt ist aber mal gut, hört auf zu lachen!" Farah jappste nach Luft. „Gun, ich habe Bauchschmerzen." „Geschieht dir recht." Er drehte das Wasser ab und reichte uns neue Handtücher. „Habt ihr die vorhin benutzten Tücher hier einfach auf den Boden in die Ecke geschmissen?", fragte er entsetzt. „Es ist kein Wäschekorb da." „Nächstes Mal bringt ihr mir die Tücher zum Waschen mit oder noch besser, ihr wascht sie einfach selbst." „Wir haben aber keinen Trockner", entgegnete ich ihm. „Das können wir bald ändern. Ich will jetzt auch eigentlich gar keine Diskussionen mit euch führen müssen. Da ich da überhaupt keinen Bock darauf habe, werdet ihr jetzt geknebelt!" Neben dem Plüschsofa stand eine rote Lackvitrine, wir staunten nicht schlecht, als Gun die unterste Lade aufzog. „Wow, hast du einen Sexshop leergekauft?" „Raija, fast, aber für euch ist mir nichts zu teuer." Dieser Satz machte uns wieder glücklich und ich küsste ihn daraufhin. Er erwiderte meinen Kuss und wir knutschten wild. „Ich auch!", rief Farah, leicht verzweifelt klingend. „Wie konnte ich dich vergessen, meine Süße." Er knutschte sie leidenschaftlich und ohne darüber nachzudenken griff ich ihr in den

Schritt. Das war fast schon eine automatische Bewegung. Sie schien es zu genießen und Gun registrierte genau, was ich da tat. „Schluss jetzt, ihr werdet mir zu aufmüpfig." Er knebelte und verzurrte uns, doch wir wussten genau, dass es ihm sehr gefallen hatte, uns näher zu kommen. „Was ihr euch heute Nachmittag mit der Garage, beziehungsweise mit unserem Raum der Lüste geleistet habt, hat mich tief verletzt. Glaubt nicht, dass ihr eure ganze Strafe schon bekommen habt. Dreht euch um, mit den Ärschen zu mir!" Er zögerte einen Moment, bevor er uns die Hintern versohlte. Es tat einerseits weh, andererseits wussten wir genau, dass uns im Anschluss noch eine anständige Befriedigung bevorstand. Diese Tatsache ließ uns sehr feucht werden. „Meine Güte, meine kleinen Säue, seid ihr nass. Ich glaube, morgen machen wir Werbeaufnahmen, um euch für euren ersten Fick anzupreisen. Ihr seid ja so etwas von reif." Er massierte uns zum Höhepunkt, erst die eine, dann die andere und dann das Ganze sogar noch ein zweites Mal.

Tatsächlich fanden am darauffolgenden Tag fast ausschließlich Filmaufnahmen statt. Gun verlangte einiges von uns ab, sagen durften wir keinen Ton, während er uns filmte. Zusammen, jede für sich und in den verschiedensten Stellungen wurden wir aufgenommen, bei manchen Aufnahmen hatten wir die Augen verbunden, bei anderen waren wir verzurrt und gefesselt. Am besten gefielen mir die Aufnahmen auf dem neuen Metallbett. Ich musste immer daran denken, dass dieses Bett eine Gage für unsere gute Arbeit darstellte. Wir räkelten uns auf der Satinbettwäsche, fassten uns an oder spreizten die Beine soweit wir konnten. Gun strahlte, denn er war hoch zufrieden mit seinen Bildern. „Super, das reicht für heute. Ich habe gleich noch einen Termin im Palast, deshalb habe ich es mir heute untersagt, mein Pulver zu früh zu verschießen. Wir sehen uns übermorgen, dann haben wir einen neuen Job zu erledigen, freut euch darauf, ich hole euch Punkt achtzehn Uhr ab!" Er schaute uns fragend an und wir ahnten schon, dass da gleich noch ein Nachsatz kommen würde. „Ach, zwei Sachen noch; Zum einen möchte ich, dass ihr euren Arsch ordentlich bearbeitet, bis zu unserem Termin und zum anderen möchte ich, dass ihr ausführlich für den Schulabschluss lernt. Haben wir uns da richtig verstanden?" Wir nickten, daraufhin schnappte er sich erst Farah und gab ihr einen ausdauernden Zungenkuss, danach bekam ich auch noch einen. „Leider muss ich jetzt los, meine Süßen, seid schön brav!"

Wir ahnten schon, dass uns ein erneuter Arschfick bevorstand, aus diesem Grund übten wir hart dafür. Ein kleiner Trick half uns, etwas mehr Spaß dabei zu entwickeln, so holten wir unsere Spielzeuge dazu. Während Farah also den Dildo in meinen Hintern einführte, hielt ich das Spielzeug an meinen Kitzler.

Tatsächlich steigerte es die Lust immens und wir übten bis zur Erschöpfung an dieser Technik. Am nächsten Tag lernten wir nach der Schule erst gute zwei Stunden für unsere Prüfungen und danach weiteten wir wieder unseren Schließmuskel. So ganz langsam fing es auch an, uns zu gefallen, dennoch hatten wir Angst vor dem folgenden Tag.

Gun klingelte um Punkt achtzehn Uhr an unserer Tür, perfekt gestylt forderte er uns auf, mit ihm in die Garage zu gehen. In diesem dunkelgrauen Anzug sah er ganz besonders verführerisch aus, er bat uns unsere Kleider komplett abzulegen, sie kamen wieder in die Schublade unter dem Plüschsofa. Er strahlte uns an, während er uns zwei schmale rote Lackkleider hinhielt. Nur mit Kraftanstrengung schafften wir es, diese Kleider über unsere Körper zu ziehen. Optisch war das jedoch ein Volltreffer, kurz unter unseren Hintern hörte der Stoff auf und uns war bewusst, was passieren würde, sobald wir uns nach vorn über beugen. „Echt heiß, perfekt!" Gun war begeistert, dann hielt er uns Schuhe hin und Farah sprach das aus, was ich in dem Moment dachte. „Sind die hässlich, das ist doch wohl nicht dein Ernst?" „Farah!", sagte er mahnend. „Ihr zieht diese Schuhe jetzt an, es wird noch eine Weile dauern, bis ihr auf richtigen Pumps laufen könnt. Ich will auf keinen Fall, dass ihr euch die Knochen brecht. Basta!" Mit unglücklichen Minen standen wir vor den großen

Spiegeln, welche überall verteilt waren in unserer ehemaligen Doppelgarage. Gun schaute uns genervt an. „Sind die Schuhe wirklich so daneben?" „Ja, diese dicken Korksohlen passen überhaupt nicht zu diesen sexy Kleidern. Können wir nicht einfach barfuß arbeiten?" Wir zogen die Schuhe wieder aus und Gun bemängelte fehlenden Nagellack auf unseren Zehennägeln. „Ich werde nächste oder übernächste Woche Termine zur Pediküre und Maniküre für euch zwei ausmachen. Ondra und Nastassia sind wirklich super." Wir rollten beide mit den Augen, er antwortete darauf mit einem wirklich bösen Blick. „Ihr reißt euch jetzt zusammen! Respekt und Zurückhaltung, bitte! Ich dimme das Licht einfach etwas mehr als vorgesehen. Ich glaube ohnehin, dass andere Körperteile mehr Aufmerksamkeit als eure Füße bekommen werden." Wir kicherten und er drehte seinen Kopf zur Seite, weil er selbst grinsen musste, was er aber nicht zugeben wollte. Erst jetzt bemerkten wir den gefüllten Sektkühler, sogar ein Aschenbecher stand auf einem der beiden kleinen Rollwagen. Gun hasste das Rauchen, deshalb war uns klar, dass der Termin an diesem Abend eine besondere Bedeutung haben würde. „Gun, du kannst dich auf uns verlassen, wir werden unser Bestes geben, stimmts, Farah?" „Ja, mach dich nicht verrückt. Du befiehlst und wir werden gehorchen, dafür haben wir geübt." „Ach, meine Süßen, ich liebe euch." Dann gab er uns ein paar Küsschen, bevor er den Käfig öffnete und wir hineingingen. „Stellt euch leicht breitbeinig hin und fasst die Stäbe an. Ihr bleibt so und wartet ab, was passiert." Es dauerte noch gute zwanzig Minuten, bis sich ein rotes Licht über der Tür drehte. Inzwischen lief leise Schmusemusik im Hintergrund und die Kerzenleuchter an den Wänden verbreiteten eine romantische Stimmung in diesem doch ansonsten eher harten und dominanten Raum.

Acht Personen betraten den Raum der Lüste, darunter drei Frauen, unter ihnen auch Ruth, welche sich im feinsten Domina-Outfit präsentierte. Die Lage war angespannt, an der Mimik der Frauen erkannten wir, dass auch sie unsicher waren und nicht wussten wie sie sich verhalten sollten. Die Männer schienen harte Jungs zu sein, sie trugen Motorradhosen und Kutten mit einem aufgestickten Motiv aus Reykjavik. Hier auf Amelug gab es damals wie heute nicht viele Motorräder, deshalb kommt es auch selten vor, Männer in Motorradkleidung zu sehen. Die Begrüßung der fünf Männer und drei Frauen ließ darauf schließen, dass Gun alle Personen schon länger kannte. Der Rothaarige große Typ klopfte einer jungen Blondine auf ihren Hintern und sie ließ daraufhin ihren Mantel über die Schultern langsam den Rücken hinunter bis auf die Erde gleiten. Danach ging sie an eine der Stangen und fing an erotisch zu tanzen. Ich würde fast sagen, dass sie eine Höchstleistung an gymnastischen Übungen zeigte. Farah und ich waren total fasziniert und uns wurde bewusst, warum wir zweimal die Woche zum Fitnesstraining gehen sollten. Langsam lockerte sich die Stimmung und Gun bewirtete alle. Whiskey für die Herren und Champagner für die Damen. Nach einer Weile erhob sich Ruth und kam zu uns. Sie redete so leise, dass wir genau zuhören mussten, um sie zu verstehen. „Geht es euch gut?" Wir nickten nur kurz. „Ich hoffe, ihr habt eure Übungen gemacht. Drückt die Daumen, dass heute Abend alles klappt." Danach öffnete Sie unseren Käfig und befahl uns auf die Knie zu gehen. Wir taten, was sie verlangte und sie zog uns unsere Kleider bis zu den Hüften hoch. Im Anschluss band sie uns Halsbänder um und nahm uns an die Leine, wir folgten brav und die auf dem Plüschsofa sitzenden Männer klatschten in unsere Richtung. „Bleibt!", hörten wir von Ruth und bewegten uns keinen Millimeter weiter. Es brach eine hitzige Diskussion zwischen Gun und den Männern aus, worauf Farah wie auch ich, große Angst bekamen, die wir uns zu diesem Zeitpunkt jedoch nicht anmerken ließen. Einer der Männer legte eine Waffe auf einen der Rollwagen und ich drohte für einen kurzen Moment ohnmächtig zu werden. Zum Glück legte er nur Sekunden später ein dickes Geldbündel neben die Waffe und Gun nickte daraufhin und nahm beides an sich. In wenigen Minuten entspannte sich die Situation grundlegend und es wurde gelacht und gefeiert. Ruth schmierte uns, von allen anderen unbemerkt, Gleitgel auf unsere

Ärsche und reichte uns Whiskey pur zu trinken. Farah musste husten und der Rothaarige fing daraufhin an zu lachen. Gun deutete auf uns, leider war die Musik inzwischen so laut, dass wir nicht verstanden, was er zu den Männern sagte, doch sie klatschten ihre Handinnenflächen aneinander und forderten uns auf näher zu kommen. Ein Blick zu Ruth veranlasste uns auf allen vieren weiter in Richtung der Männer zu kriechen. Die dritte Frau wandte sich Gun zu, um ihm einen zu blasen, während Ruth die Blondine aufforderte sich ebenfalls fickbereit zu präsentieren. Kurz vor dem Sofa befahl sie uns allen dreien, uns umzudrehen und somit unsere Hintern in Szene zu setzen. Ruth kniete sich selbst vor den großen Rothaarigen und fing an, seinen Schwanz zu wichsen. Die anderen vier fickten der Blondine, Farah, mir sowie auch Ruth in die Ärsche. Was für ein Glück, dass wir diesen Part unserer Arbeit ausgiebig geübt hatten, unangenehm war es trotzdem noch und es schmerzte auch noch, aber wir hatten vor die besten zu werden und taten, was wir konnten, um diese Freier zufrieden zu stellen. Aus den Augenwinkeln bemerkten wir, dass Gun der dritten Frau mittlerweile Zungenküsse gab und dabei war, sie zu befriedigen. Diese Tatsache schmerzte uns mehr, als unsere Hintern. Nachdem sie uns auf die Ärsche gespritzt hatten, hatten sie besonders gute Laune und forderten uns auf, sich neben sie auf das große Sofa zu setzen. „Ihr seid wirklich heiß, meine Kleinen. Wenn ihr mal weg von Gun möchtet, meldet euch bei uns. Wir bekamen jede eine Karte in unseren Ausschnitt gesteckt. Sobald ihr frei zum Abschuss sein werdet, kommen wir zurück und ficken euch. Würde euch das gefallen?" „Sehr gerne, aber wendet euch dazu an Gun", sagte Farah, wie aus der Pistole geschossen. In diesem Moment kam er zu uns und übergab die Frau, der er es eben noch besorgt hatte, zurück an die Männer. „Dieses Geschäft ist zur Zufriedenheit aller abgeschlossen, Gun, aber wenn du die Kleinen loswerden möchtest, verhandeln wir neu. Dazu kannst du uns jederzeit anrufen, vierundzwanzig Stunden täglich." Sie tranken ihre Gläser aus und verließen danach gemeinsam mit allen drei Frauen unseren Raum der Lüste.

Wir verhielten uns im ersten Moment still und blieben einfach auf dem Sofa sitzen, um abzuwarten, was Gun als nächstes entscheiden würde, doch er ging ohne uns anzuschauen ins Bad. „Vielleicht muss er mal?" „Lass uns einfach warten, bis er zurückkommt." Wir ließen uns nach hinten in die Kissen plumpsen und prosteten uns mit den Champagnergläsern der Gäste zu. „Farah?" „Ja, was ist los?" „Mir war es im Hintern immer noch etwas unangenehm, mit Hilfe unseres Spielzeugs hat es mir mehr Spaß bereitet." Wir amüsierten uns und unterhielten uns noch eine Weile. Ruth hatte uns wieder einmal geholfen, wir waren ihr dankbar und hofften, uns irgendwann einmal revangieren zu können für das, was sie schon alles für uns getan hatte. Als nächstes kam das Stangenthema, da wir uns unbeobachtet fühlten und die Wirkung des Alkohols auch nicht zu unterschätzen war, gingen wir an die Stangen. Wir schauten uns ungläubig an, nichts klappte, wir waren total unfähig. Unsere Versuche an der Stange zu tanzen waren so sehr daneben, dass es uns richtig peinlich war und wir uns zurück auf das Sofa setzten. Nach einer Weile wurden wir unruhig, Gun kam und kam nicht wieder. Gerade, als ich aufstehen wollte, um nachzusehen, was mit ihm los sei, kam er dann doch noch aus dem Bad zurück. Seinen Gesichtsausdruck konnten wir nicht deuten, er war irgendwie anders. „Ihr habt das sehr gut gemacht. Alles in Ordnung mit euch? Ich hoffe, dass niemand das Loch verfehlt hat?" „Nein, keine Panik, es waren nur unsere Ärsche und darauf waren wir ja Dank Ruth gut vorbereitet." Er schenkte uns den Rest von der Champagnerflasche in unsere Gläser und prostete uns zu. „Auf heute!" Wir tranken unsere Gläser mit einem Zug aus und das Lächeln kehrte in Guns Gesicht zurück. „Im zweiten Teil eurer Ausbildung werdet ihr dann die Benimmregeln besser kennenlernen. Man kippt Champagner nicht einfach so runter, aber für heute ist das kein Thema. Die Frau, mit der ich vorhin höchstwahrscheinlich zum letzten Mal gefickt habe, war eine eurer Vorgängerinnen. Ich hoffe, dass es ihr weiterhin gut gehen wird, ich habe sehr viel Geld für sie bekommen." Er lächelte uns daraufhin an. „Na, bei der guten Ausbildung durch mich, ist das auch kein

Wunder, Qualität hat ihren Preis." Wir schauten ihn unsicher an, worauf er uns beruhigte. „Wie schon gesagt, solange ihr das macht, was ich sage, bleiben wir drei hier zusammen. Ich werde alle Gebote, seien sie auch noch so hoch ablehnen. Ich liebe euch, das wisst ihr doch, oder?" Danach knutschte er uns glücklich. In diesen Momenten vergaßen wir, warum wir eigentlich dort waren, und auch, was seine Anliegen an uns betraf. Wir waren ihm hoffnungslos verfallen. Direkt vor der alten Verbindungstür zu unserem Wohnraum stand inzwischen das neue Metallbett, er trug uns eine nach der anderen dorthin und schob unsere Kleider wieder hoch. Auf diesen Moment hatten wir gewartet und waren beide sehr feucht, als wir seine Hände spürten. „Es dauert nicht mehr lange, dann werdet ihr von mir bekommen, wonach ihr euch verzehrt"; sagte er und fing an, mich zum Höhepunkt zu lecken, während Farah an sich herumspielte und ebenfalls kam. „So, lasst uns gemeinsam duschen und noch mehr Spaß haben! Er nahm uns an die Hände und wir gingen in den sogenannten SPA-Bereich. Als ich mein Kleid auszog, fiel die Visitenkarte der Rocker auf den Boden und Gun hob sie auf. „Diese Idioten, euch werden sie nicht bekommen." Er zerriss die Karte und schmiss sie danach direkt in den Mülleimer. Aus dem Augenwinkel sah ich, dass Farah ihre Karte vorsichtig unter ihr Kleid schob, nachdem sie es ausgezogen hatte. Herrlich war dieses Duschvergnügen und Gun kam sehr schnell wieder auf Touren. Sein deutlich erigiertes Glied stand kerzengerade in unsere Richtung und ich fragte ihn dreist. „Wie hätten Sie es denn gerne, Herr Eriksson?" Dreh dich um, jetzt ficke ich dir in den Arsch!" Er war sehr erregt und stieß ordentlich zu, doch da es Gun war, war es für uns fast schon wie eine Ehre von ihm gefickt zu werden. Nachdem er mir ein paar ordentliche Stöße verpasst hatte, widmete er seine Manneskraft Farah und spritzte sogar in ihr ab. Wir standen noch ein paar weitere Minuten unter der Dusche und genossen diesen Luxus. „Was kann ich denn jetzt noch für euch tun?", fragte Gun. „Wir brauchen dringend Unterricht im Stangentanz!" „Stimmt, da bin ich ganz dabei, Gun." „Okay, ich hatte eigentlich an etwas anderes, mehr körperliches gedacht, aber das eine schließt ja das andere nicht aus. Einen Stangentanzkurs kann ich im Frühjahr für euch arrangieren, hier auf der Insel gibt es derzeit keine Koryphäe für dieses Gebiet." „Umso wichtiger, dass wir es lernen. Farah und ich sind bereit dazu." Wir beendeten das Duschen und zogen unsere normalen Klamotten wieder an. „Ihr zwei macht mich echt fertig, aber auch sehr stolz. Heute habt ihr eine perfekte Arbeit abgeliefert." Gun holte ein paar Scheine aus seiner Hosentasche und steckte sie uns zu.

Ein paar Tage später landete endlich das Versorgungsschiff an und wir waren sehr aufgeregt. Gun holte unsere Internetbestellungen mit dem Auto von der Packstation ab, dann kam er mit sieben Paketen zurück, die er in seiner Stube auftürmte. „Wie Weihnachten, ich freue mich." „Raija, Geduld!" Farah durfte ein großes Schuhpaket auspacken und Gun amüsierte sich über die Absatzhöhe unserer Pumps. „Das ist nicht dein Ernst, Raija. Das lasst ihr vorerst schön bleiben, auf diesen Stöckelschuhen zu laufen. Um diese Schuhe perfekt in Szene setzen zu können braucht ihr ein paar Jahre Pumps-Erfahrung. Nachher gehen wir drei zusammen ins Netz und kaufen euch Schuhe, mit denen wir alle drei einverstanden sind, was haltet ihr davon?" Wir freuten uns darauf, wollten aber erst wissen, was in den anderen Paketen steckte. „Wow", meinte Gun als er die sexy Lack-Overknees sah. „Probiert die bitte gleich mal an, das will ich sehen." In dem Moment als er den Satz beendet hatte, ahnten wir schon, was danach passieren würde. In diesem Fall waren wir mehr auf die Pakete scharf, als auf Gun. Es gefiel ihm nicht so gut, dass wir die Overknees nur halbherzig zeigten. „Mädels, ihr macht mich gleich wütend, diese Schuhe müssen sexy präsentiert werden. Zieht die Hosen aus, über den Jeans wirken diese geilen Teile nicht halb so gut, wie sie es sicherlich gleich tun werden." Wir seufzten, was ihm auch nicht passte und wussten eigentlich, dass uns Ärger bevorstand, wenn wir nicht umgehend auf seine Bedürfnisse eingehen würden. Wir waren zu intelligent, um ihn weiter zu verärgern und ich nahm Farahs Hand und drückte sie genau noch rechtzeitig, bevor sie etwas Falsches gesagt hätte. Ich ging nur einen Bruchteil einer Sekunde danach auf Gun zu und präsentierte ihm die Stiefel direkt vor seiner Nase. „Hast du auch etwas, was du uns zeigen kannst, Gun?" „Raija, so gefällst du mir schon viel besser. Dennoch denke ich, dass wir drei jetzt in den Keller gehen werden, bevor wir hier weiter machen." Er fasste Farah unsanft zwischen die Beine, zum Glück maulte sie nicht, sondern präsentierte ihm ihren Hintern und zog dabei die Pobacken weit auseinander. Ich war erleichtert, denn ich wusste, dass ihm dieses vulgäre Verhalten von Farah sehr gut gefiel. „Ab nach unten mit euch, ich glaube, ihr braucht es mal wieder auf die harte Tour." Ich hatte Angst, da er tatsächlich etwas gereizt schien. Bevor wir in einen der Kellerräume gingen, knebelte und verband er uns die Augen. „So gefallt ihr mir richtig gut." Wir gingen in das Zimmer mit dem Steinfußboden, in dem das große Metallbett mit den vielen Fesseln stand. Wir bekamen das Kommando uns dort auf den Bauch zu legen, danach wurden wir breitbeinig angebunden. Unsere Arme ließ er frei, was uns sehr wunderte. „Ich will, dass ihr lernt Spaß an meinen Stößen in euren Ärschen zu haben, deshalb dürft ihr an euch rumspielen während ich euch ficke." Wir taten, was er von uns verlangte, doch als er endlich abspritzte, waren wir sehr erleichtert. „So, wollen wir weiter auspacken gehen?", fragte er uns. „Lecken wäre mir lieber", rutschte es mir raus. Farah kicherte und Gun band uns los. „Wenn ich das richtig verstanden habe, möchtet ihr es von mir auf die sanfte und professionelle Weise besorgt bekommen, stimmt das?" Er hörte zweimal „Ja". „Ich bin genauso Profi, wie ihr. Was ist euch eine Spezialbehandlung von mir wert?" „Was immer du dafür verlangst", traute Farah sich zu sagen. Gun küsste uns zärtlich vom Hals an abwärts bis zu unseren Zehen, danach wieder nach oben bis zu unserem Genitalbereich, zwischenzeitlich hatte er uns aufgefordert, uns gegenseitig zu küssen. Wir taten es, während er uns abwechselnd heiße Küsse zwischen unseren Schenkeln schenkte. Immer da, wo sein Mund gerade nicht war, war eine seiner geschickten Hände. Er brachte uns förmlich zum Explodieren. Im Anschluss lagen wir einen Moment zu dritt auf dem Bett ohne uns zu bewegen und ohne zu sprechen. Ich bin mir ziemlich sicher, dass wir in diesem Moment alle drei glücklich und zufrieden waren. Als Gun sich erhob, stellten wir fest, dass Farah eingeschlafen war und er küsste sie zärtlich wieder wach. Es war ihr unangenehm und sie errötete daraufhin. „Das werden wir dir jetzt immer vorhalten." „Nein, Raija, bitte nicht." Als wir danach wieder in der Stube saßen und weiter auspackten, waren wir viel entspannter als zuvor. Gun nahm ein kleines Paket und bat uns, es zusammen auszupacken. Es waren zwei kleine Sexspielzeuge, mit mehrseitiger Gebrauchsanweisung. „Um das abzukürzen, werde ich es euch erklären", Gun strahlte über das ganze

Gesicht. Das ist ein Batteriebetriebener Vibrator für eure Klitoris, das Klettband ist dazu da, um das Teil an einem Slip zu befestigen. Und jetzt kommt das Beste", er zog seine Augenbrauen hoch und zwinkerte uns beiden zu. „Ich habe dafür eine App auf mein Handy geladen, so dass ich für die Vibrationen zuständig bin, während ihr es tragen werdet." „Oh, Gun, das lässt mich schon wieder feucht werden." „Mich auch!" „Für heute langt es, übermorgen kommt Androsz. Mein Sohn darf nichts von uns mitbekommen. Das ist mir wirklich sehr wichtig." „Gun, du kannst dich zu einhundert Prozent auf uns verlassen." „Ich weiß, nehmt die Pakete alle mit, es sind eure, ich habe heute und morgen keine Zeit mehr für euch. Vergesst nicht eure fest vereinbarten Termine im Palast einzuhalten und lernt außerdem gut für eure Schulabschlüsse!"

An dem Abend als Androsz kommen sollte, riefen wir kurz vorher Gun noch einmal an. „Gun, wir müssen nachher Androsz wenigstens kurz besuchen und ihn willkommen heißen, alles andere wäre unglaubwürdig, schließlich sind wir doch gute Freunde." „Ja, ihr habt recht, darüber habe ich auch schon nachgedacht, aber zieht euch ja nicht zu sexy an!"

Als wir ein paar Stunden später das Auto von Gunnar hörten, freuten wir uns sehr darauf, seinen Sohn zu begrüßen. Wir gaben den beiden eine gute Stunde, bevor wir mit einem kleinen Geschenk für

Androsz vor der Tür Standen und klingelten. „Hallo Raija, Hallo Farah," Er umarmte uns stürmisch. „Wie schön, dass ihr mich besuchen kommt, immer herein in die gute Stube, Vati hat einen Wein geöffnet." Er schaute auf den Schal in Farahs Händen, er war mit einer breiten roten Schleife versehen. „Ist der für mich?" „Ja, bestimmt nicht für deinen Papa", sagte Farah mit einem breiten Grinsen. „Habt ihr den selbstgestrickt?" „Nein, selbst gekauft." Gunnar begrüßte uns freundlich und bat uns ein Glas Wein an. Wir zwinkerten ihm zu und er wurde nervös, wahrscheinlich hatte er Angst, dass wir uns mit Worten oder Gesten verraten würden. Wir forderten Androsz auf, von seinen Erlebnissen aus Reykjavik zu erzählen und er fing an zu reden und hörte gar nicht wieder auf. „Ich wohne in einer WG, so eine echte Studenten-Wohngemeinschaft, zwei Männer und zwei Frauen, das klappt super, aber nur platonisch." Wir kicherten und Gunnar schaute dezent zur Seite, um unseren Blicken auszuweichen. „Jedenfalls kann ich jetzt kochen, da wir immer zu zweit Kochdienst haben und somit möchte ich euch morgen Abend um neunzehn Uhr zum Essen einladen. Natürlich nur, wenn du nichts dagegen hast, Vati?" „Nein, mein Sohn, ich wundere mich nur gerade, du hast doch noch nie gekocht." „Ich musste es ja vorher auch nicht, inzwischen macht es mir sogar richtig Spaß, es wird gefüllte Paprikaschoten geben. Ein altes Rezept von Ingas Großmutter, der Oma meiner Mitbewohnerin."

„Das klingt wirklich interessant, Androsz. Was hast du denn sonst noch so erlebt? Und wie ist die Schule so?" Wir waren gespannt, was er noch alles zu erzählen hatte. Doch mit dem was er sagte, machte er uns alle drei für einen Moment sprachlos. Androsz holte einen zwei Seiten langen Zettel aus der Hosentasche. „Vati, das sind alles Grüße und Fragen an dich. Ich lese sie alle der Reihe nach vor, erst danach bitte ich dich zu antworten." Gunnars Gesichtsfarbe färbte sich nach diesen Worten seines Sohnes leicht rosefarben ein. Ich denke, er ahnte schon, was noch alles kommen würde. „Die ersten Grüße wollte ich mir noch merken, deshalb kann es auch sein, dass ich noch jemanden vergessen habe. Ab dem dritten Tag in Reykjavik habe ich sie dann alle notiert." Farah und ich hielten den Atem an, denn der Unterton in Androsz Stimme war deutlich zu erkennen. „Außergewöhnliche liebevolle Grüße von Frau Professor Lindgren, sie würde gerne mal wieder deine Dienste in Anspruch nehmen, übrigens ist sie meine Lehrerin. Ruth, Gaby und Celina haben mir Küsschen gegeben, die ich an dich weiterleiten soll. Edgar Andersson lässt dir ausrichten, dass die Dame, die du ihm vermittelt hast, der absolute Oberhammer ist, Frederik Persson lässt …". Gun versuchte ihn zu unterbrechen, ohne Erfolg. „Vati, das musst du dir jetzt zu Ende anhören, alles Grüße für dich persönlich: Frederik Persson lässt dir ausrichten, dass du ihm Bescheid geben sollst, sobald deine kleinen

Nachbarinnen eingeritten sind." Fast wäre mir mein Glas wieder aus der Hand gefallen, so wie damals, als Gun von unseren Müttern erzählt hatte. Inzwischen hatte Gun den Kopf in seinen Händen vergraben. „Des Weiteren lässt dich Lilliana knutschen, Frederika knuddeln und die Omas von der Heißmangel ganz herzlich grüßen. Peter möchte, dass du bei Gelegenheit mal in Begleitung vorbeischaust. Mein Fahrlehrer hat Bedarf soll ich dir ausrichten und die Damen des Theaterensembles lassen dich sehr herzlich grüßen, fast alle. Eine ist wohl sauer auf dich." Er stockte einen Moment und Gun schaute wieder zu seinem Sohn. „Nein, ich bin noch nicht fertig, aber ich denke, dass es reicht, wenn ich dir den Zettel einfach übergebe, dann kannst du selbst entscheiden, bei wem du dich meldest. Was mich aber am meisten schockiert hat ist das mit deinen Nachbarinnen. Das ist doch wohl nicht dein Ernst, dass du Raija und Farah jetzt auch noch zu Prostituierten gemacht hast!" „Androsz, lass uns in Ruhe reden, ich werde dir alles erklären. Ich habe verstanden, dass du kein kleines Kind mehr bist." Er wandte sich uns zu. „Geht ihr bitte nach Hause, kommt morgen zum Essen, ich denke dabei bleibt es, oder?" Er schaute fragend zu seinem Sohn und Androsz nickte nur. Wir standen auf und gingen, ohne noch ein einziges Wort zu sagen.

Als wir an diesem Abend zu Hause in unserer Küche saßen, reichte einfacher Tee nicht aus, wir brauchten etwas Stärkeres. So taten wir einen Schluck von Omas altem Back-Rum in unsere Teetassen. Mir lief eine Träne die Wange hinunter und beim genauen Hinsehen ging es Farah ähnlich. Wir tranken und weinten, bevor wir in der Lage waren, unsere Gedanken in Worten auszudrücken. „Er hat es so drastisch und hart formuliert, aber Androsz hat recht." „Ja, Gun hat uns zu Prostituierten gemacht. Wie verhalten wir uns denn nun morgen?" „Wir fragen Gun, ob wir ehrlich antworten dürfen." „Allein diese Frage könnte ihn doch schon sehr erzürnen." Wir waren verunsichert und fühlten uns irgendwie sehr einsam an diesem Abend. „Farah? Bist du dir immer noch sicher das richtige zu tun? Ist es das, was du wirklich willst? Willst du dieses Leben führen, mit all seinen Entbehrungen und Schmerzen?" „Ja, das haben wir vielen Huren voraus, wir arbeiten aus freien Stücken, verdienen gutes Geld und werden so gut wie möglich von Gun beschützt." „Und befriedigt!", fügte ich noch hinzu. „Ja, Raija, ich kann nicht mehr ohne seine Art, mich zum Orgasmus zu bringen leben, das ist perfekt. Ich will auch endlich mit ihm schlafen. Hoffentlich findet er bald die passenden Freier für unsere Entjungferung, dann darf ich endlich zur Frau werden." Wir unterhielten uns noch gute zwei Stunden, bis wir erschöpft in unsere Betten gingen.

Morgens versuchten wir uns auf die Schule zu konzentrieren und dabei alle Gedanken an Gun und Androsz zu verdrängen, zum Glück gelang es uns gut.

Da wir uns kurz vor den Weihnachtsferien befanden, war der Unterricht nicht ganz so streng wie noch in den Wochen zuvor. Tatsächlich hatte unser intensives Lernverhalten uns ein leichteres Verständnis für einige Unterrichtsfächer verschafft und wir vereinbarten daraufhin, bis zu unserer Abschlussprüfung, beziehungsweise den vielen Einzelprüfungen, weiter ernsthaft zu lernen. Gun unterstützte uns diesbezüglich so gut er konnte. Farah hatte beschlossen, dass wir mit ihm über unsere Prüfungen rechtzeitig reden müssten, damit er für uns in der heißen Schulphase keine anderen heißen Termine vereinbaren würde. Dazu wollten wir ihn natürlich ohne Androsz Anwesenheit sprechen, obwohl wir uns nicht sicher waren, wie unser Verhalten Androsz gegenüber in Zukunft weitergehen sollte; jetzt, da er wusste, wie Farahs und auch meine Beziehung zu seinem Vater tatsächlich aussah.

Heute, gute zehn Jahre später haben wir ein sehr gutes Verhältnis zu Androsz. Bevor ich euch erzähle wie unser Abendessen mit unseren Nachbarn damals verlief, kommt hier ein kleiner Einblick in unser aktuelles Leben:

Wir haben den den vierten Dezember und über Nacht hat uns dieser Kälteeinbruch im wahrsten Sinne des Wortes kalt erwischt. „Wie schön für die Betreiber des Palasts", denke ich und sehe meinen Arbeitsplatz einen Monat länger als geplant gesichert. Ich freue mich, da das Palasthotel normalerweise Mitte Dezember schließt und erst nach Ende des Packeises, also Mitte März, wieder öffnet. In manchen Jahren, wenn das Wetter es zulässt, haben wir nach unserer offiziellen Schließung noch ein paar ganz besondere Privatpartys in der Buchung. Wir verdienen hier alle gut, auch das Betriebsklima ist zumeist fabelhaft, deshalb sind diese Arbeitsplätze im Palast von Amelug auch heiß begehrt. Farah und ich haben mittlerweile zusammen drei Ferienwohnungen zur Vermietung. Eine davon ist normalerweise immer ab dem letzten Novemberwochenende bis Ende März an ein reiches Ehepaar aus Düsseldorf vermietet. Sie haben uns sogar schon ein ansprechendes Kaufangebot unterbreitet, das wir jedoch energisch ablehnten. Diese Ferienwohnungen sichern unsere Existenz langfristig, auch im Alter, wenn wir unseren derzeitigen Tätigkeiten als Edelhuren nicht mehr nachkommen können oder wollen. Ich muss schon sagen, dass wir aktuell sehr gut verdienen. In diesem Business konnte uns kein besserer als Gun, Gunnar, unser Manager, passieren. Über die Sommermonate sind unsere drei Wohnungen über die nächsten Jahre hinweg ausgebucht. Es sieht so aus, als wären unsere Düsseldorfer noch nicht auf der Insel, was sehr schade ist, da Amelug solange dieses schlechte und kalte Wetter anhält nur bedingt erreichbar ist. Es kann aber durchaus sein, dass einige der Palastgäste aus finanziellen Gründen lieber in eine Ferienwohnung umziehen möchten. Ich werde mich später mit Farah zum Essen treffen, meine Schicht beginnt erst ab fünfzehn Uhr, dafür aber dann bis Mitternacht. Bei der Gelegenheit werden wir Zeit haben, über die Vermietung unserer Wohnobjekte zu sprechen. An erster Stelle stehen die Interessen des Hotels, unsere Arbeitgeber sind derzeit gar nicht auf der Insel. Herr Marashi, der oberste Chef, hat sich eigentlich für übermorgen angekündigt, doch ich denke nicht, dass das klappen wird, weil die Aussichten dafür durch die aktuellen Witterungsverhältnisse sehr schlecht sind. Eigentlich sollte es für viele der anwesenden Gäste nur ein kurzer Inselurlaub werden, ein verlängertes Wochenende an der rauen See. Normalerweise ist auf unserer Insel mit dem Wintereinbruch erst ab Mitte Januar zu rechnen, aber ab und zu kommt es ganz anders als man denkt oder plant.

Ich schaue aus dem Küchenfenster und sehe dicke weiße Schneeflocken heruntereilen. Ich habe meine Winterstiefel aus der Abseite geholt und vermumme mich mit Schal und Mütze, bevor ich die Tür öffne. Eine nicht erwartete Windböe lässt mich erschrecken, so extrem habe ich das Wetter gar nicht eingeschätzt. „Oh", ich seufze, „ich muss Schnee schieben, bevor ich mich auf den Weg mache!" Dazu habe ich keine Lust und auch nicht die Zeit und ziehe stattdessen mein Handy aus der Jackentasche. „Androsz, kannst du mir helfen?" „Sehr gerne, Raija. Haben wir ein Date?", fragt er freudig. „Heute leider nicht, ich muss gleich zur Arbeit. Kannst du vor unserem Haus und den Ferienwohnungen mit deiner Schneefräse die Eingänge frei machen? Du hast auch etwas gut bei mir." „Jo, ich glaube, ich komme nachher zu dir in die Bar", sagt er und legt auf.

Zurück in der Vergangenheit:

Neugierig auf Androsz Kochkünste und gleichzeitig verunsichert aufgrund unseres Outings standen wir pünktlich vor der Tür unserer Nachbarn. Es war der Tag an dem wir Ondra und Nastassia kennengelernt hatten. Mit frisch gestylten Fingernägeln standen wir dort, ich hätte sie gerne noch ein wenig schriller und länger gehabt, doch unsere beiden Stylistinnen hatten von Gun eindeutige Anweisungen bekommen, wie unsere Nägel auszusehen hätten. Damals, als wir unsere Jungfräulichkeit noch hatten, bestand Gun darauf, uns in einigen Dingen eher zurückhaltend zu präsentieren, längst nicht in allen Dingen, aber das wisst ihr ja bereits. Nun, wir warteten vor der Tür, dass wir hereingebeten würden, doch niemand öffnete. Es war Anfang Dezember und nicht gerade warm. Wir sollten Androsz gegenüber nicht zu vulgär auftreten hatte Gun uns im Vorwege öfters gebeten, doch da sein Sohn inzwischen wusste, was wir waren, zogen wir uns dann doch ein klein wenig sexy an.

Unsere neuen Kleider sahen einfach Klasse aus. Da sie sehr stretchig waren, konnte man sie fast bis zu den Knien herunterziehen, was wir an diesem Abend mit einiger Kraftanstrengung auch taten. Dazu trugen wir natürlich unsere neuen Overkneestiefel. Nach ein paar Minuten vor der Tür, wurde es richtig kalt und Farah und ich überlegten schon, ob wir wieder gehen sollten als Androsz uns gerade noch rechtzeitig die Tür öffnete. „Kommt rein, ich muss wieder in die Küche." Weg war er und tatsächlich hatte er unserem mutigen Outfit keine Beachtung geschenkt. Leicht enttäuscht darüber, gingen wir in die gute Stube. Die Küchentür stand auf und man hörte etwas in der Pfanne brutzeln, es roch nach Knoblauch. Normalerweise riet Gun uns immer davon ab, Knoblauch zu verzehren, damit wir einen frischen Atem behielten. „Androsz, können wir dir helfen?" „Nein, Farah, aber vielen Dank, nehmt Platz, ich bin gleich bei euch!" Kurze Zeit später betrat er mit einem Krug frisch gepressten Orangensaft in der einen und einem Sektkühler in der anderen Hand den Raum. „Ich freue mich, dass ihr da seid. Bitte entschuldigt meine Unhöflichkeit, ich musste dringend zurück in die Küche, um die Vorspeise zu retten." Dann öffnete er gekonnt die Sektflasche und füllte unsere Gläser. Als er anstoßen wollte, fragte ich, ob wir nicht lieber auf Gunnar warten wollen? Fast hätte ich Gun gesagt und kam dabei leicht ins Stottern. „Du kannst ruhig Gun zu meinem Vater sagen, inzwischen weiß ich alles. Er hat mir erlaubt euch alles zu fragen, was ich wissen möchte." Ich spürte förmlich wie Farah in diesem Moment die Luft anhielt und unsicher wurde. „Wir müssen ihn selbst fragen, ob wir mit dir reden dürfen, so ist unser Deal." „Wow, ihr seid wirklich loyal ihm gegenüber. Gut, ich hole mal die Vorspeise, mit dem Hauptgang warten wir, bis Vati mit seinem tollen Job fertig ist." Als er in der Küche verschwunden war, schauten Farah und ich uns fragend an. Es war wahrscheinlich, dass Gun in diesem Moment einem hoffentlich weiblichen Hotelgast einen Orgasmus verschaffen würde. Alles wollten wir damals gar nicht wissen, das hätte uns deutlich überfordert. Strahlend kam Androsz mit hübsch angerichtetem Salat auf drei kleinen Tellern und einer bis oben gefüllten Schüssel mit duftenden Knoblauch-Brotchips zu uns zurück. Wir speisten und knusperten gemütlich und entspannten uns dabei von Minute zu Minute mehr. „Der Salat war wirklich sehr lecker, Androsz, ganz besonders das Dressing." „Ja, ich könnte mir auch vorstellen eine Ausbildung als Koch zu machen, Vati wäre ein Wirtschaftsstudium lieber. Na ja, mir wäre auch einiges andere bei ihm lieber. Ist nun auch egal, ihr seid jedenfalls immer noch genauso toll wie früher, ich werde mich schon daran gewöhnen, dass ihr jetzt zu ihm gehört." „Uns geht es gut Androsz! Was meinst du denn, wann Gun mit seinem Job fertig ist?" Nach Farahs Frage mussten wir alle drei lachen. Genau in diesem Moment stand Gun plötzlich in der Tür. „Wie schön, dass hier so eine gute Stimmung herrscht, ich habe großen Hunger, mein Sohn."

Wir unterhielten uns an diesem Abend über sehr viele verschiedene Themen. Im Großen und Ganzen war es wirklich ein wunderschönes und sehr familiäres Beisammensein. „Vati, ich habe den beiden erzählt, dass du mir erlaubt hast, sie alles zu fragen. Da hast du aber wirklich Glück, sie sind so loyal zu dir, dass sie erst mit dir sprechen wollten, bevor sie mir Auskunft erteilen." Man merkte förmlich wie glücklich Gun über diese Worte war. „Ja, Androsz, ich bin auch total glücklich darüber und ich liebe die beiden sehr." „Ich werde mich daran gewöhnen, mir wird gar nichts anderes übrigbleiben." Gunnar brachte uns zur Tür und flüsterte uns zu, dass wir uns gegen dreiundzwanzig Uhr in der Garage treffen, dabei steckte er mir einen Schlüssel zu und flüsterte die Zahlenkombination der Alarmanlage. Leider sprach er so leise, dass wir uns nicht sicher waren, wie sie genau lautete. Zu Hause angekommen, schrieben wir daher auf einen Zettel: 7545 oder 7445 oder 7454 oder 7554. Wir waren sehr nervös an diesem Abend und erst beim dritten Versuch klappte es, die Alarmanlage auszuschalten. Ich setzte mich neben Farah auf das Plüschsofa und danach warteten wir schweigend auf Gun. Als er endlich zur Tür hereinkam, waren wir schon fast eingeschlafen. „Oh, meine Süßen, das tut mir leid, es hat ein bisschen länger gedauert, als geplant. Farah fiel ihm um den

Hals und drückte ihn ganz fest. „Habt ihr Lust mit mir in den kleinen Whirlpool zu gehen?" „Passen wir da alle drei zusammen rein?" Gun zog den rechten Mundwinkel hoch. „Ganz sicher bin ich mir nicht, vielleicht läuft er über, aber die Abflüsse im Bad sind perfekt verlegt, es kann nichts weiter passieren." Es wurde eine sehr spaßige Nacht. Wir liebten Guns Überraschungen und Spielchen sehr und so ist es heute noch. Er hatte einen Würfel dabei und wir waren gespannt, was er damit vorhatte. „Habt ihr eine Ahnung, was wir gleich auswürfeln werden?" „Orgasmen?", rief Farah freudig. Wir saßen immer noch ziemlich eingeengt in dem kleinen Eck-Whirlpool, als wir anfingen, um unsere körperlichen Freuden zu würfeln. Gun hatte die Regeln klar definiert; er durfte anfangen zu würfeln, bei einer eins musste er uns beide gleichzeitig zum Höhepunkt massieren, bei einer zwei durfte er diejenige, die von uns die höhere Augenzahl hatte bis zur Explosion lecken. Würde er eine drei würfeln, würden wir es uns alle drei auf der Stelle selbst besorgen. Bei einer vier, würden wir gemeinsam seinen Schwanz mit unseren Händen abwichsen. Würde er jedoch eine fünf schaffen, würde er uns in die Münder ficken und dort abspritzen. Gun hoffte jedoch auf eine sechs, in diesem Fall würde er richtigen Sex mit unseren Ärschen haben. Wir hofften sehr auf eine gewürfelte eins oder zwei, doch er würfelte natürlich eine sechs. „Da habe ich aber Glück gehabt, dreht euch um!" Zuerst fickte er Farah, während ich einen seiner Finger in mir spürte, bevor ich dann auch anal gefickt wurde. Er wechselte ein paar Mal zwischen Farah und mir, bevor es ihm heftig kam und er dabei sehr laut schrie. „Wie gut, dass ich diesen Raum hier dreifach isoliert habe", sagte er danach zufrieden und lächelte uns an. Ich zwinkerte ihm zu. „Du Sau, Raija, nicht du hast gewonnen, willst du etwa eine Spezialmassage von mir?" „Ich auch!", rief Farah. „Na dann!" Er packte richtig zu und wir stöhnten um die Wette. Leider kam es uns beiden viel zu schnell und Gun amüsierte sich sehr darüber. „Ihr seid so reif, lange dauert es nicht mehr, bevor ich euch richtig durchficken kann." „Ich kann es kaum noch abwarten", sagte ich unbedacht. „Raija, ich regle das schon, nicht frech werden. Ich glaube, morgen ist es mal wieder an der Zeit, dass ihr geknebelt werdet, während ich euch bediene. Androsz ist morgen Nachmittag außer Haus, kommt gegen vierzehn Uhr und freut euch darauf sowie ich mich auf euer Kommen freue!"

Pünktlich standen wir zur verabredeten Zeit vor seiner Tür und waren ganz gespannt, was uns an diesem Tag alles erwarten würde. Als Gun uns hinein ließ, wussten wir, warum er die Tür nur einen kleinen Spalt öffnete, gerade so breit, dass wir einzeln hindurch passten. Ich sehe ihn immer noch genauso vor mir stehen, mit erigiertem Glied und fast den ganzen restlichen Körper von einer schwarzen Kunststoffhülle bedeckt. Nur für Augen, Nase und

Mund waren noch weitere Öffnungen vorhanden. Ich konnte mich kaum beherrschen, seinen harten Schwanz nicht einfach unaufgefordert zu bearbeiten, Farahs Blicke ließen auch keinen Zweifel offen und sie leckte sich mit der Zunge gekonnt über ihre Lippen. „Kommt herein und zieht das hier an!" Er reichte uns ebensolche Lackanzüge, nur dass bei unseren die Öffnung im Genitalbereich hinten am Anus saß, während es keine Aussparungen für unsere Augen gab, es war alles dunkel. Er knebelte uns streng und sagte währenddessen keinen Ton zu uns. Wir hatten keine Angst, im Gegenteil, wir wurden immer feuchter und geiler, mit jeder seiner Berührungen. Er dominierte uns bis zur totalen Unterwürfigkeit. Nachdem er uns Halsbänder angelegt hatte, nahm er uns an die Leinen. „Auf die Knie!" Gun führte uns bis zu seinem Sofa, wir hörten wie er sich hinsetzte. „Besorgt es mir, so gut ihr könnt, ihr geilen Säue. Ich will heute drei Mal spritzen!" Sprechen konnten wir nicht, aber er fühlte nur den Bruchteil einer Sekunde später, dass wir ihn sehr gut verstanden hatten und gaben unser Bestes. Wir wichsten ihn heftig ab, an seinem Stöhnen erahnten wir die Intensität seines Orgasmuses. Danach versohlte er uns zur Bestrafung für unsere Geilheit die Hintern. Er tat es so, dass wir es richtig genossen und dabei noch geiler wurden. Er platzierte uns auf allen vieren kniend auf dem Boden. Ich spürte, dass er hinter mir stand und seinen Schwanz bearbeitete, bevor er mir auf meinen Arsch spuckte und unmittelbar danach in mich eindrang. Mittlerweile fing ich an diese Stöße haben zu wollen und drückte meinen Hintern fest in seine Richtung. „Du Sau!" hörte ich ihn stöhnen, kurz bevor er abspritzte. Er brauchte ein paar Minuten, bis es weiter gehen konnte, Farah und ich bewegten uns keinen Millimeter von der Stelle und warteten brav ab. Wieder sagte er nichts und ich orientierte mich ausschließlich an den Geräuschen. Es war Farah, die geknebelt angefangen hatte zu stöhnen. Ich hörte seine Hände auf ihrem Anzug auftreffend. Es klatschte immer lauter, Gun gab alles und bearbeitete sie bis zum Höhepunkt. Ich war ein bisschen neidisch und wackelte mit meinem Hintern leicht hin und her, denn ich wollte unbedingt auch kommen. „Raija!" ermahnte er mich streng und ich hörte auf, mich zu bewegen. Wieder dauerte es ein paar Minuten bis ich ihn hörte. Offenbar fickte er Farah in den Hintern, während er dabei laut stöhnte. „Du geile Sau, ich besorge es dir jetzt erneut!" In dem Moment, als sein Samen sich in Farah ergoss, schrie er dreimal laut „Ja!". Ich war als einzige noch nicht gekommen und wartete doch so sehnsüchtig darauf, dass er sich endlich wieder mir zuwenden würde. Ich hörte ihn stöhnen, während es wieder anfing zu klatschen, dieses Mal zwischen meinen Beinen und ich genoss die Härte seiner Berührungen sehr. Zwischendurch massierte er mich gekonnt. Es war ein unsagbar intensiver Höhepunkt, glücklich sackte ich in mich zusammen und blieb auf dem Boden liegen. Nach kurzer Zeit öffnete Gun die sich auf dem Rücken befindlichen Reißverschlüsse und half uns aus den klitschnass geschwitzten Teilen heraus. „Geht hoch duschen!" Als wir wieder herunterkamen, war er in normal angezogen und lächelte uns an. „Das wird fantastisch mit uns dreien, wir werden sehr reich werden. Am besten sucht ihr euch schon mal eine Immobilie aus, die ihr zur Vermietung kaufen möchtet. Übrigens, ich habe die ersten ernstzunehmenden Angebote für euren großen Tag erhalten. Raija, du wirst leider bis zur nächsten Saison warten müssen, da dein Verehrer erst Ende März wieder auf der Insel sein wird." Gun gab mir einen ausdauernden Zungenkuss, bevor er sich Farah zuwendete. „Meine kleine Süße, du wirst hier auf der Insel entjungfert. Keine Unbekannten haben mir ein kleines Vermögen dafür geboten. Peer und Sylvana werden es dir ordentlich besorgen. Du kannst dich glücklich schätzen, sie werden dich gut behandeln, erwarten aber auch Gegenleistungen von dir. Zum Beispiel wirst du Sylvana mit dem Dildo ficken, während Peer dich besteigt. Ich werde dich in den nächsten Wochen intensiv darauf vorbereiten."

Als wir am Abend in unserer Küche saßen, ließen wir die Ereignisse des Tages Revue passieren und bemerkten dabei, dass wir total erledigt waren. Mir fielen die Augen schon im sitzen zu, während Farah mir freudestrahlend mitteilte, dass sie gleich noch ihr Spielzeug benutzen würde. Es war erst kurz nach acht, doch ich ging schlafen. Als ich wieder aufwachte war es stockdunkel und mein Handy zeigte vier Uhr und fünfundvierzig Minuten an, das war viel zu früh um aufzustehen, doch ich konnte nicht mehr liegen bleiben und schnappte mir mein Notebook, um damit in der Küche sitzend nach einer Ferienimmobilie auf Amelug Ausschau zu halten. Mit Hilfe des neuen Kaffeevollautomaten zauberte ich mir eine Kaffeespezialität nach der anderen. Tatsächlich gab es ein paar perfekt gelegene Ferienwohnungen entlang der Westküste, gar nicht so weit entfernt von uns. Ein Ferienhaus war mit zwei wunderschönen Bädern ausgestattet, ich traute mich und stellte dem Anbieter eine Preisanfrage. Kurze Zeit später stand Farah neben mir und schaute neugierig auf meinen Bildschirm. Sie war genauso begeistert wie ich es war und wir beschlossen bei passender Gelegenheit mit Gun über dieses vielversprechende Immobilienangebot zu reden.

An diesem Samstag kam Gun ganz früh zu uns herüber. Freudestrahlend erzählte er, dass uns Ruth über Weihnachten besuchen kommen würde, um zum einen mit uns Weihnachten zu feiern und zum anderen, um mit uns „Kleinen" für unseren großen Tag zu trainieren. „Wir können ihr sehr dankbar dafür sein. Ihr werdet gehorchen, egal, was sie verlangt! Ist das so in Ordnung oder habt ihr noch Fragen dazu?"

„Nein, Gun, wir wissen, dass wir eine Menge von ihr lernen können und auch, dass sie es gut mit uns meint." Nach diesen Worten knuddelte er erst mich und dann Farah. Wir nutzten die Gelegenheit und zeigten ihm unseren Immobilienwunsch. „Ich erkundige mich mal danach", sagte er freundlich und wir waren begeistert. „Gun, womit können wir Ruth denn eine Freude bereiten? Wir möchten ihr gerne etwas Schönes zu Weihnachten schenken." „Oh, Farah, das ist sehr schwer bei Ruth. Könnt ihr eigentlich kochen? Ruth nämlich nicht, vielleicht kümmert ihr euch um das Weihnachtsessen?" „Androsz kann doch gut kochen, vielleicht können wir mit ihm zusammen etwas leckeres zaubern?" „Ja, sprecht darüber gerne mit meinem Sohn. Dann verlasse ich mich auf euch, dass ihr einkauft oder mir zumindest rechtzeitig eine Liste der zu besorgenden Zutaten überreicht."

Die nächsten Tage bereitete Gun Farah so gut wie möglich auf ihren großen Tag vor. Dazu nahm er sie sogar zweimal mit in das Palasthotel, um dort reiche Frauen zu bedienen, beziehungsweise in den siebten Himmel zu vögeln. Gun hatte extra für Farah ein passendes Ledergeschirr mit dickem fest montierten Gummidildo gekauft. Farah sollte lernen, es Frauen zu besorgen, so wie es Sylvana von ihr erwarten würde. Ich war total gespannt, was sie zu erzählen hatte, als sie das erste Mal mit ihm mitgegangen war. „Raija, das war der Hammer, ich habe sie richtig gefickt. Der dicke Schwanz ging rein wie Butter. Gun und ich haben super zusammengearbeitet und die Kundin hat es sehr genossen. Mir hat es Spaß gemacht, sie zu befriedigen und gleichzeitig Gun damit glücklich zu machen. Dieser Job war ganz schön anstrengend. Gut, dass wir zweimal die Woche zum Fitnesstraining gehen. Sie hat mir heimlich hundert US-Dollar zugesteckt als Gun im Bad war." Ich unterbrach sie. „Was? Du hast ihm doch sofort davon erzählt, oder?" „Klar, was denkst du von mir, Raija? Ich glaube es ja nicht, hast du so wenig Vertrauen in mich?" Es tat mir sehr leid, dass ich diese Frage gestellt hatte, doch wir waren treu ergeben und loyal. Bis heute haben wir uns diesbezüglich nichts vorzuwerfen. Geschäftlich halten wir uns nach wie vor an unsere Vereinbarung von damals und können uns guten Gewissens in die Augen schauen.

Der Tag an dem Ruth auf die Insel kam, war ein Freudentag für uns, da wir merkten, dass sie uns wirklich in ihr Herz geschlossen hatte. „Ich liebe Gun, genauso wie ihr es tut. Da er euch auch liebt, liebe ich euch auch." Sie lächelte uns an, „ich helfe euch dabei zur Frau zu werden und euch so gut wie möglich auf diesen Tag vorzubereiten. Raija, deinen Freier kenne ich gut. Ich bringe dir genau den Tanz bei, auf den er abfährt. Du wirst einen sehr guten ersten Eindruck hinterlassen!" Dann schaute sie Farah an. „Bei dir ist es bald soweit, ich werde dir zeigen, wie du Sylvana glücklich ficken wirst. Erste Erfahrungen hast du ja schon gesammelt. Gun hat mir berichtet, dass du einen guten Job abgeliefert hast. Morgen Nachmittag fangen wir an, ich bringe euch beiden alles bei." Gun kam dazu und strahlte über das ganze Gesicht. „Meine Süße, schön, dass du hier bist. Wir sind dir sehr dankbar. Raija, Farah, ihr geht jetzt nach Hause, der heutige Abend gehört Ruth ganz allein. Morgen werde ich euch an Ruth übergeben, ihr bekommt dann eine mehrtägige Intensivschulung."

Wir waren inzwischen nicht mehr eifersüchtig auf Ruth, wir hatten und haben immer noch großen Respekt vor ihr.

In der Gegenwart ist sie inzwischen eine gute Freundin geworden. In unserem Business hat man eigentlich nicht viele, meistens sogar gar keine echten Freunde. Farah und ich arbeiten immer noch eng vertraut zusammen und wohnen noch in dem alten Haus unserer Großmutter, wenngleich wir inzwischen einige Veränderungen haben vornehmen lassen. Man kann fast sagen, dass wir dieses Haus inzwischen grundsaniert haben. Auch ein Luxus, den wir uns durch unsere Spitzenverdienste gut leisten konnten und auch noch weiter leisten können, wenn wir es denn wollen. Gun wohnt immer noch neben uns, und wir genießen die rar gewordenen Zeiten mit ihm. Ruth hatte uns vor mittlerweile fast zehn Jahren perfekt vorbereitet auf unser erstes Mal.

Als wir damals am Tag nach ihrer Anreise von Gun an sie übergeben wurden, verkörperte Ruth ganz eindeutig den dominanten Teil unserer Ausbildung. Streng gekleidet, mit einer Gerte in der Hand, stand sie leicht breitbeinig vor uns und schaute uns tief in die Augen, worauf wir beide unsere Köpfe senkten um abzuwarten, was als Nächstes passieren würde. Gun verließ uns mit strengen Worten und wir trauten uns nicht etwas dazu zu sagen, geschweige denn, unsere Köpfe wieder zu heben. „Raija, Farah, ihr werdet gehorchen. Drei Tage werdet ihr hier, in unserem Raum der Lüste, mit Ruth verbringen, bevor ich euch wieder abholen werde. Kann ich mich da zu einhundert Prozent auf euch verlassen?" Wir nickten und hörten kurze Zeit danach, dass die Tür unserer ehemaligen Garage fest verriegelt wurde. „Ihr habt gehört, was der Meister zu euch gesagt hat. Euch steht eine der schwersten Prüfungen im Leben einer Hure bevor und ich werde euch mit allen mir zur Verfügung stehenden Mitteln darauf vorbereiten. Um das zu tun und euch damit auf die harte Realität eures weiteren Lebens einzustimmen, werde ich euch streng drannehmen müssen. Ihr werdet lernen mit Schmerzen und Entbehrungen umzugehen. Ich bereite euch genau auf das vor, was euch alles erwarten kann. Wenn ihr jetzt lernt, auf alles vorbereitet zu sein, werdet ihr zwei ganz große Nummern in unserem Geschäft. Das wollt ihr doch, oder?" Wir nickten und Ruth senkte ihre Stimme für einen kurzen Moment in einen weichen und liebevollen Ton. „Dann lasst uns gemeinsam an euren Karrieren arbeiten. Ich werde ab sofort hart und fordernd zu euch sein. Seid ihr bereit mich als eure

Herrin zu akzeptieren, was auch immer geschehen wird?" Wir nickten und ahnten, dass sie unsere Grenzen erweitern würde in diesen drei Tagen, an denen wir ihr ausgeliefert waren. Sprechen durften wir nicht mit einander, sogar das Austauschen unserer Blicke war auf ein Minimum reduziert. „Zieht euch aus und setzt euch auf das Sofa und bewegt euch nicht!" Sie ging in den SPA-Bereich, wir trauten uns nicht zu reden. Ich war sehr nervös und es dauerte eine gefühlte Ewigkeit bis sie sich uns im Evakostüm präsentierte. „Stellt euch vor, ihr wärt der Freier, der von euch einen Tanz zur Präsentation all eurer Löcher erwartet. Sozusagen eine Vorstellung von dem, was er gleich alles füllen, benutzen, ficken oder auch stopfen darf. Schaut mir ganz genau zu!" Ruth ließ die Musik über ihr Handy einspielen und bewegte sich lasziv. Dazu ließ sie ihre Hüften kreisen, bückte sich nach vorne über und zog dicht vor unseren Augen ihre Löcher weit auseinander. Dadurch, dass sie sich so frei vor uns präsentierte wurde mir bewusst, wie das auf die Freier wirken musste. Ich konnte mir bildlich vorstellen, wie er an meiner Stelle hier sitzen würde, seinen Schwanz fest im Griff habend. Nach kurzer Zeit forderte Ruth mich auf an ihrer Stelle den Tanz zu präsentieren. Wir übten mindestens vier Stunden, bis sie mit dieser Übung für den Anfang zufrieden war. Danach fixierte sie mich auf dem Metallbett und ließ mich dort unbeachtet liegen, während sie sich mit Farah vergnügte. Dazu schnallte sie Farah das neue

Dildogeschirr um, um sich danach von hinten ficken zu lassen. Sehen konnte ich die beiden von meiner Position aus nicht, aber hören. Ruth brachte ihr bei, zuerst ganz sanft vorzugehen, um weder die Geilheit der Kundin, noch deren Gesundheit zu gefährden. Sie zeigte ihr die Griffe, um die Bereitschaft für den Dildofick zu überprüfen und ein paar Tricks, wie sie schneller eindringen könnte. Ich hörte Ruths Begeisterung, offenbar war Farah richtig gut in dem, was sie dort tat. „Das machst du super, jetzt, nachdem du merkst, dass Sylvana extrem geil geworden ist, musst du härter zustoßen. Ja! Ja! Oh mein Gott!" Danach konnte ich ihre Worte nicht mehr verstehen, da sie zu leise waren, doch dann war sie wieder die Alte. „So, du geile Sau, jetzt ficke Raija in den Mund, so, wie es ihr Freier tun wird. Im Anschluss daran wird Raija dir in den Arsch stoßen, während du es mir erneut besorgst."

Als wir für den ersten Abend endlich Schluss machten, taten mir der Mund und der Hals richtig weh, Farah war zu grob zu mir gewesen. Ich ärgerte mich darüber und es fiel mir sehr schwer, meinen Unmut zu unterdrücken. Da kamen Ruths mahnende Worte gerade zur rechten Zeit. „So, für heute langt es! Ihr habt das sehr gut gemacht. In der Phase dieser Unterwürfigkeit müsst ihr lernen auch Schmerzen zu ertragen. Die Bedürfnisse der Freier stehen an erster, zweiter und dritter Stelle, wenn ihr versteht, was ich damit meine. Auch ist es nicht gut für euch zu kommen, haltet eure Orgasmen so gut es geht zurück. Eure Belohnung bekommt ihr später durch Gun, darauf könnt ihr euch verlassen, und besser als er, kann es niemand! Es gibt allerdings Freier, die euch zum Orgasmus bringen wollen, dann kommt ihr diesem Wunsch natürlich nach. Dazu wird es nächstes Jahr eine ausführliche Lektion im zweiten Teil eurer Ausbildung zur Edelhure geben." Wir fingen gerade an, uns zu entspannen, als sie noch einen Nachsatz für uns parat hatte. „Diese Nacht werdet ihr irgendwo geparkt, wie wir es nennen. Oftmals bestellen Freier uns für eine ganze Nacht, vielleicht sogar eine Woche, wenn sie sich uns leisten können. Es sind oft reiche Menschen mit sehr speziellen Wünschen und dem Drang uns ihnen gefügig zu machen. Sie genießen es, uns zu dominieren, auf die unterschiedlichsten Arten, daher werdet ihr heute Nacht so schlafen, wie es euch mit Sicherheit noch öfter passieren wird." Sie richtete ihren Blick auf die zwei Monate jüngere von uns beiden. „Farah, du schläfst heute im Käfig, zu essen bekommst du nichts, aber eine Flasche Wasser und ein Fell bekommst du. Sei still und störe uns in dieser Nacht nicht!" Sie flitzte kurz auf die Toilette, unkommentiert von Ruth. Danach wurde Farah im Käfig eingeschlossen. Kurze Zeit später stellte sie sich auf das Bett, direkt über mich. „Ich binde dich gleich los, damit du kurz ins Bad kannst, danach fixiere ich dir eine Hand und ein Bein für die Nacht. Du sollst dich noch bewegen können. Beeil dich!" Als ich zurückkam fixierte sie mich wie angekündigt, nur dass sie diesmal die Fesseln extrem festzog, sodass es im ersten Moment sehr unangenehm war. „Du wirst mich heute Nacht zum Höhepunkt bringen. Am besten fängst du gleich an, ich habe Lust darauf, von dir bedient zu werden, Raija." Ich tat, was sie von mir verlangte, danach schliefen wir ein, doch mitten in der Nacht bemerkte ich, dass Ruth aufstand. Kurz darauf hörte ich sie den Käfig aufschließen. „Binde das um! Fick mich jetzt, du geile Sau!"

Diese drei Tage allein mit Ruth in unserer alten Garage waren anstrengend und nicht immer ganz glücklich für uns. Unser Essen war auf ein Minimum reduziert und bestand ausschließlich aus harten Keksen und Mineralwasser. Körperlich hatten wir im Anschluss auch ein paar blaue Flecke und andere Blessuren, trotzdem, es hat uns wieder einen Schritt weiter auf das harte Leben als Edelhuren vorbereitet. Bis heute denke ich so manches Mal darüber nach, wie gut Ruth das doch damals mit uns gemacht hat. Wenn ich jetzt von geilen Freiern über Nacht an das Bett gefesselt werde, um allzeit bereit dazuliegen, macht es mir nichts aus, im Gegenteil, ich sehe die Dollarnoten förmlich vor mir und spekuliere auf die vierte Ferienwohnung, der ich durch diese Erniedrigungen immer näherkommen werde. Wir sind dadurch stark geworden, sozusagen hart im Nehmen und inzwischen sogar auch hart im Geben, sofern es gewünscht wird.

Das Weihnachtsfest zu fünft gefiel uns so gut, dass wir es die nächsten Jahre ähnlich wiederholten. Androsz hatte sich bereit erklärt mit unserer Unterstützung während des kompletten Weihnachtsfests für uns zu kochen. Gun hatte alle benötigten Zutaten gerade noch rechtzeitig vorbestellt. Das Palasthotel hatte offiziell geschlossen bis Mitte März, doch inoffiziell fanden fast jedes Wochenende Partys reicher Unternehmer statt, fast ausschließlich mit der Unterstützung vieler weiblicher Kolleginnen. Sie kamen aus der ganzen Welt eingeflogen per Helikopter. Gun hatte die Fäden in der Hand und organisierte alles zur vollsten Zufriedenheit der Gäste. Dafür erhielt er von dem Hotelmanagement zusätzlich zu seinem Gehalt stattliche Provisionen. Er verriet uns nicht, was er mit seinem ganzen Geld machte, wir waren uns aber damals schon sicher, dass Androsz mehr darüber wusste als wir. Doch auch er war loyal seinem Vater gegenüber, nur so funktioniert eine Partnerschaft über Jahre hervorragend.

Am zweiten Weihnachtsfeiertag bekam Gun einen Anruf aus dem Palast, es war kurz vor dem Mittagessen und Androsz war im ersten Moment nicht begeistert, seine Laune besserte sich erst wieder nachdem Gun ihm eine eigene Wohnung in Reykjavik versprach. „Meine drei Süßen", sagte er zu Farah, Ruth und mir, „wir haben soeben einen Job für euch bekommen. Macht euch schick, ein sehr reicher Kunde hat beschlossen, zur Vorspeise einundzwanzig Damen unter den großen Restauranttisch zu schicken, um einen Blowjob als ersten Gang zu servieren. Ihr drei dürft daran teilnehmen." Später erfuhren wir, dass eigentlich ausreichend Damen anwesend waren, doch einige der Herren hatten sich gleich mehrere Huren auf das Zimmer genommen. Wir drei sorgten nun dafür, dass die restlichen einundzwanzig Herren gleichzeitig abgefertigt werden konnten. Das war ein großer Spaß unter dem Tisch. Wir verständigten uns nicht mit Worten, sondern mehr mit Blicken und wenigen Geesten. So viele Huren in einer Mission, für Farah und mich eine komplett neue Erfahrung. Ruth bewies sich erneut als äußerst kollegial, als Farah vor einem wirklich dicken Exemplar saß, tauschte Ruth kurzentschlossen mit ihr die Plätze und erledigte später diesen Job mit Bravour. Die Huren warteten auf das Startzeichen des Gastgebers und fingen somit alle zur gleichen Zeit an, sich um die Schwänze zu kümmern. Nicht jeder war zu diesem Zeitpunkt schon erigiert, dennoch explodierten sie alle. Im Anschluss bekamen wir die Aufforderung den Saal für die Dauer des Essens zu verlassen. Gun sammelte uns drei breit grinsend wieder ein und wir fuhren zurück zu Androsz, der schon sehnsüchtig darauf wartete uns seine erste Weihnachtsgans zu präsentieren. Als Gun seine Haustür öffnete, kam uns ein herrlicher Duft entgegen und wir bekamen daraufhin alle Vier großen Hunger. „Im Januar nehme ich alles wieder ab, da gibt es keine Schokolade und keinen Kuchen mehr für mich!" Farah strahlte satt und zufrieden. „Mir geht es genauso. Du hast fantastisch gekocht, Androsz, wir helfen dir nachher in der Küche."

Uns tat es allen sehr leid, dass Ruth noch vor Silvester wieder zurück nach Reykjavik musste. Sie gehörte irgendwie zur Familie dazu. Auch damals schon fanden Farah und ich die Anwesenheit von Gun, Androsz und Ruth als sehr familiär und wir waren gemeinsam glücklich. In dem Jahr fand die große Neujahrsexplosion in der isländischen Hauptstadt statt und nicht auf Amelug, wie in den Jahren zuvor. Für Ruth bedeutete dieses Neujahrsfest eine Menge, auch deshalb, weil es ihr außergewöhnlich hohe Einnahmen garantierte. Zum Glück blieb Gun damals bei uns und kümmerte sich liebevoll um unser Wohlergehen. Mit unseren Eltern und Halbgeschwistern telefonierten wir an Weihnachten nur. Im Laufe der Jahre hatten wir uns immer mehr auseinandergelebt, was für alle die beste Lösung darstellte.

Am Abend vor Farahs Entjungferung holte Gun Farah am frühen Nachmittag ab, um mit ihr ganz allein in unseren Raum der Lüste zu gehen. Sie verriet mir hinterher nicht, was die beiden dort alles getrieben hatten. „Ich musste es Gun fest versprechen, nicht mit dir über diesen Abend zu sprechen. In zwei Monaten bist du an der Reihe, den letzten Abend als Jungfrau mit ihm allein zu verbringen!" Ich respektierte ihre

Worte und gratulierte ihr herzlich dazu, zur Frau werden zu dürfen. Ich schenkte ihr ein dickes Tagebuch, worüber Farah sich sehr freute. Ich glaube, dass ich fast genauso aufgeregt war wie Farah selbst, als Gun sie abholte, um sie zu Peer und Sylvana zu fahren. Gun hatte ihr einen mit Strasssteinen bestickten silbernen Koffer für ihre Arbeitsutensilien geschenkt. In diesem Fall bedeutete das auf jeden Fall ihren Umschnalldildo, ein Halsband mit Leine, Präservative sowie ausreichend Gleitgel. Nachdem Gun an diesem Abend ohne Farah zurückkam, holte er mich zu sich in die Wohnung. Ich spürte seine Nervosität deutlich, er machte sogar den Fernseher an, um sich abzulenken. Nach zwei Stunden schaute er ständig auf sein Handy, doch es kam keine Nachricht von Peer oder Sylvana. Gun war in dieser Zeit nicht in der Lage sich mit mir zu beschäftigen, dennoch wollte er, dass ich bei ihm blieb. Das wollte ich auch, ich machte mir Sorgen um Farah. Nach fast fünf Stunden Ungewissheit lief Gun im Zimmer auf und ab bis endlich der erlösende Anruf kam. Peer sprach so laut, dass ich jedes Wort verstehen konnte. „Gun, du kannst die Frau nun wieder abholen! Es war für meine alte Nutte und mich super, dieses junge Ding zu knacken. Ich habe sie für dich eingeritten und sie war ihr Geld wert. Bis gleich!" Erleichtert knuddelte er mich herzlich, bevor er losfuhr. Ich durfte in seiner guten Stube auf die beiden warten. Als sie dann zurückkamen wirkte Gun sehr glücklich, Farah sah auch nicht unglücklich aus, dennoch sehr geschafft. Gun holte einen feudalen Blumenstrauß für Farah aus seiner Küche und schenkte uns Champagner ein. „Wie geht es dir, meine süße Farah?" „Eigentlich gut, es tat nicht doll weh, doch er hat mich richtig drangenommen. Ich glaube jetzt ist es etwas empfindlich, das wäre also nett, wenn du nicht heute auch noch ficken willst." Gun küsste sie leidenschaftlich und er richtete ein paar Worte an mich. „So soll es denn sein. Raija, blas mir einen, während ich Farah knutsche!"

Die nächsten Wochen waren sehr hart für mich, weil ich mit ansehen musste, wie Gun Farah fickte, immer und immer wieder. „Wir schließen dich nicht aus, Raija, schau zu, bald bist du fällig." Nach guten vier Wochen lud er uns zu sich zum Essen ein. Wir vermuteten, dass Androsz vielleicht zu Besuch gekommen war, doch es verhielt sich anders. „Nehmt Platz, ich habe Geschäftliches mit euch zu besprechen. Erinnert ihr euch noch an eure Wunschimmobilie?" Wir schauten ihn mit großen Augen an. „Ja, ich habe sie für euch reservieren können. Farahs erster Ritt sichert euch die ersten Raten. In vier Wochen, trägst du deinen Teil dazu bei, Raija. In ein paar Jahren ist diese Immobilie dann abbezahlt, wenn es so weiter geht, wie geplant. Füllt bitte diese Formulare hier aus!" Wir waren überwältigt, dass wir tatsächlich unserer ersten Ferienwohnung schon so nahegekommen waren. An diesem Abend saßen

Farah und ich noch bis spät in der Nacht in unserer Küche und tranken einen Tee nach dem anderen. Wir waren so glücklich über unsere Fortschritte auf unserem selbstgewählten Weg. Wir wollten die besten in unserer Branche werden, Farah war schon ein ganzes Stück weiter als ich. Sie nahm sogar schon kleine Aufträge an. Ab und zu durfte sie Gun begleiten, meistens, um gemeinsam Ehepaare auf der Insel zu befriedigen. Peer und Sylvana hatten hervorragende Werbung für die beiden gemacht. Das Palasthotel öffnete in diesem Jahr wie geplant Anfang März nachdem der Frühling sich ankündigte und die Wetterlage sich deutlich verbessert hatte. Ich konnte den Tag meiner Entjungferung kaum noch erwarten, ich wollte auch endlich zur Frau werden. Außerdem konnten Farah und ich es kaum aushalten den zweiten Teil unserer Ausbildung beginnen zu können. Gun hatte uns verkündet, dass wir damit zirka sechs Wochen nach meiner Entjungferung beginnen würden und dass er sich schon sehr darauf freuen würde, dann endlich ohne Hemmungen zur Sache gehen zu können. Ab und zu redete er sogar von geplanten Ausflügen nach Reykjavik, die Nachfrage nach uns beiden schien immens hoch zu sein.

Das, was ich euch jetzt mitteilen muss, fällt mir nicht leicht. Schon bei dem Gedanken, an diesen einen alles verändernden Abend kommen mir ab und zu auch heute noch die Tränen. Trotz meiner mittlerweile großen Berufserfahrung und Routine als Edelhure, versuche ich dieses Ereignis ruhen zu lassen. Wie ihr euch sicherlich erinnern könnt, hatte Farah großes Glück bei ihrer Entjungferung. Auch bei mir und meinem großen Tag hatte Gun alles minuziös geplant. Der erste Freier, der in mich eindringen durfte war ein seit Jahren befreundeter Geschäftsmann von Gun. Er hatte gewisse Vorlieben, auf die ich ausgiebig vorbereitet worden bin. So wusste ich, dass er mich fesseln würde an die Bettpfosten seiner Luxussuite Nummer 406 im Palasthotel, Arme und Beine weit auseinander gestreckt. Gun hatte ein kleines Vermögen für mich ausgehandelt, er war sich ganz sicher, dass mein Freier mich gut behandeln würde. Seine Vorliebe ist es, sich zuerst einen herunter zu holen, während die Hure nackt vor ihm tanzt und dabei alles auseinanderzieht, was geht. Dicht vor seinen Augen sollte ich ihm meine Löcher präsentieren. Das tat ich hervorragend, schließlich hatte Ruth ausdauernd mit mir geübt. Mein Freier will sich vorher immer einen genauen Überblick von dem verschaffen, was er sich danach alles nehmen wird. Und er kam heftig, genauso, wie es sein sollte, spritzte er mich von oben bis unten voll und schrie dabei laut auf vor Lust. Ich war zu diesem Zeitpunkt noch so glücklich, dass alles nach Plan lief. Im Anschluss lobte er mich und ich zog mein Kleid wieder an und wir tranken Champagner. Etwa eine halbe Stunde später sollte ich mich aufs Bett legen und er band mich fest, meine Arme und Beine waren fast gestreckt, ich hatte wenig Spielraum mich zu bewegen. Auch das hatte Gun mit mir geübt und ich fühlte mich zu diesem Zeitpunkt immer noch sicher. Ich wusste, dass er, wenn er gleich aus dem Bad zurückkam, mir höchstwahrscheinlich zuerst in den Mund ficken würde, um sich aufzuheizen. Als er dann über mir stand, mit seinem erigierten Schwanz öffnete ich meinen Mund soweit ich konnte und er nahm begeistert auf meinem Brustkorb Platz. Ich gab alles, denn ich wollte Gun glücklich machen, koste es, was es wolle. Und ich zahlte einen sehr hohen Preis dafür. „Du kleine geile Sau", sagte er in seiner Erregung zu mir und zog seinen Schwanz aus meinem Mund. „Jetzt mache ich dich zur Frau!" Er fasste mir zuerst kräftig zwischen meine Beine und ich zuckte zusammen. „Keine Angst, dir wird es auch gefallen." Er nahm eine große Menge Gleitgel in seine rechte Hand und hielt es mir kurz vors Gesicht, bevor er mich vorbereitete für seinen Penis. Er stöhnte laut, als er langsam in mich eindrang. Niemals hätte ich zu diesem Zeitpunkt gedacht, dass er in dieses kleine Loch passen würde, doch es funktionierte. Es schmerzte, aber ich war tatsächlich auch sehr geil darauf, diesen allerersten Schmerz einer Frau zu spüren. Er stieß ein paar Mal zu, bevor es ihm kam. Ich hatte es geschehen lassen ohne mich in irgendeiner Weise dagegen gewehrt zu haben, im Gegenteil ich stöhnte mit ihm und er war glücklich. Danach ging er ins Bad und holte ein kleines Handtuch, um mich untenherum zu säubern. Tatsächlich fand er, wonach er suchte. Er hielt mir das befleckte Tuch hin. „Das behalte ich als Trophäe. Ich gehe jetzt duschen, bevor ich dir in deinen süßen Arsch ficken werde, meine Prinzessin. Ist dir das recht?" „Ja, das ist mir sehr recht", sagte ich und lächelte ihn verführerisch an. So war das abgesprochen und verhandelt mit Gun. Meinen Hintern hatte sich Gun in den letzten Wochen ausgiebig vorgenommen und es gefiel mir. Ich freute mich in diesem Moment schon sehr darauf bald endlich von Gun gefickt werden zu können, doch die Tür des Zimmers ging auf und ein leicht angetrunkener Typ in einem hässlichen Anzug kam herein. „Oh, welch ein Geschenk haben wir denn hier?", fragte er und öffnete seine Hose. Ich schrie so laut ich konnte, doch mein Freier konnte mich offenbar unter der Dusche nicht hören. Der eklige Kerl hielt mir meinen Mund zu und schlug mir mit der anderen Faust ins Gesicht. Dann vergewaltigte er mich und ich konnte mich nicht wehren. Die Schmerzen waren so stark, dass ich bewusstlos wurde. Das letzte, was ich sehen konnte, war mein Freier, wie er den anderen Mann von mir wegriss. Ich wachte dann irgendwann im Krankenhaus wieder auf. Gun saß auf einem Stuhl neben meinem Bett und hielt meine Hand. Ich versuchte ihn anzulächeln, doch mein Gesicht schmerzte, der Typ hatte mehrfach zugeschlagen. „Süße, ich liebe dich. Das tut mir so leid." Mehr konnte er nicht sagen, da er anfing zu weinen. Ich muss dann wieder eingeschlafen sein und als ich irgendwann spät abends erwachte, war ich allein in meinem Zimmer. Die Sterne funkelten am Himmel und ich erinnerte mich kurz an die grausamen Geschehnisse der letzten Nacht. Morgens bei der Visite standen fünf Ärzte um mich herum. Sie baten mich unter anderem Anzeige zu erstatten, doch das kam für mich nicht in Frage. Als ich fragte, wann ich denn wieder Sex haben dürfe, schauten sie mich fassungslos an und erklärten mir, dass ich damit mindestens acht Wochen warten solle. Ich fing an zu weinen und hörte, wie der Ältere zu einem der jüngeren Ärzte sagte, dass das wohl der Schock sei und ich jetzt Ruhe bräuchte. Sie legten mir einen Katheter direkt in meine Blase und ich schrie laut auf. Die Schwester hielt meine Hand und ein Arzt gab mir eine Spritze, wonach ich kurze Zeit später wieder einschlief. Farah hat sich damals getraut mir von einem Gespräch zwischen meinem Freier und Gun zu berichten, das sie heimlich belauscht hatte. „Das tut mir alles so leid für dich, Raija." Sie weinte, während wir in unserer Küche saßen und uns eigentlich über die Besitzurkunde unseres ersten Ferienhauses freuen wollten. „Das will ich dir schon die letzten Wochen erzählen, ich habe mich nur nicht getraut." Ich ermunterte meine Cousine von vorne anzufangen und mir die ganze Geschichte zu erzählen. „Wir haben zu Hause auf einen Anruf von Josh, deinem Freier, gewartet, damit wir dich wieder abholen könnten, um zu feiern." Sie schluchzte und uns beiden liefen die Tränen hinunter. „Bitte erzähle weiter, ich will alles wissen." „Als das Telefon klingelte war ich mit im Raum. Ich höre Guns Stimme noch immer in meinen Ohren. Er hat geschrien: „Was ist passiert? - Du hast mir versprochen auf sie aufzupassen. Dein Bruder sollte doch gar nicht auf der Insel sein. - Wo ist sie jetzt? – Sieh zu, dass dein Bruder die Insel verlässt, sonst töte ich ihn!" Danach hat Gun aufgelegt und wir sind zu dir ins Krankenhaus gefahren. In dieser Nacht bin ich bei Gun geblieben, er hat so geweint um dich, Raija!" Ich bekam bei jedem Wort von ihr stärkere Kopfschmerzen doch ich wollte ihre Worte weiter hören. „Am nächsten Morgen, als wir in seiner Küche saßen, klingelte es an der Tür und Gun schloss die Küchentür bevor er zur Haustür ging. Ich konnte jedes Wort verstehen, was sie gesagt haben." Farah schluchzte erneut und putzte sich danach ausgiebig die Nase. „Nun erzähl weiter!", forderte ich sie auf. „Es war Josh, er erzählte Gun, wie leid es ihm täte und dass sein Bruder eigentlich erst am nächsten Nachmittag nachkommen sollte. Und er erzählte auch, dass er nach dem Sex noch nie so glücklich war, wie mit dir." Jetzt weinte ich ebenfalls und Farah und ich lagen uns in den Armen. „Er hat gefragt, ob er dich kaufen kann, weil er dich gerne heiraten würde, um es wieder gut zu machen." „Auf keinen Fall!", entgegnete ich ihr. „Das hat Gun auch gesagt. Josh ist für immer in deiner Schuld, Raija, das hat er zu Gun gesagt, vielleicht brauchst du mal einen Freund, dann ist er für dich da. Genauso wie er in Guns Schuld steht und Gun samt Begleitung jederzeit eingeladen ist, zu ihm nach London in sein Hotel zu kommen, natürlich ohne Bezahlung und solange er will." Dann war sie still und ich auch. Doch plötzlich nahm Farah meine Hand. „Ich glaube, er hat uns die Ferienwohnung gekauft, mit den Papieren auf unsere Namen." Wir lächelten für einen kurzen Moment. So schnell hatten wir nicht erwartet, zu unserer ersten Ferienwohnung zu gelangen. Ich beschloss am nächsten Tag mit Gun und Farah offen über meine Gefühle und Ängste zu sprechen, denn es sollte nicht meine einzige Ferienwohnung bleiben, denn ich wollte nicht aufhören als Hure zu arbeiten.

Am Vormittag hatte ich einen Arzttermin, mittlerweile waren vier Wochen vergangen, mein Gesicht war wieder normal, nur mein Lächeln, das fehlte an den meisten Tagen noch. Bei meiner Frauenärztin fühlte ich mich in guten Händen, sie erklärte mir alles ganz genau. Ich hatte ihr letzte Woche unter dem Mantel der Verschwiegenheit erzählt, dass ich eine Edelhure werden möchte und meine Vagina so gut wie irgend möglich wiederhergestellt werden müsste. „Es heilt alles sehr gut, trotzdem müssen Sie noch zirka vier Wochen warten, bis die inneren Narben endgültig verheilt sind. Daran müssen Sie sich unbedingt halten. Sie sind jung und ich bin glücklich darüber, wie gut es Ihnen schon wieder geht. Jeder Prostituierten geht es im Normalfall in ihrem Berufsleben leider mehrfach so, dass sie sexueller Gewalt ausgeliefert ist. Dass es Ihnen schon gleich beim ersten Mal passiert ist, ist sehr bedauerlich. Ich bin mir aber sicher, dass sie ihr Ziel erreichen werden. Ich bin immer für Sie da, Sie können mich rund um die Uhr anrufen, sollten Sie Hilfe brauchen. Auch dann, wenn Sie aus dem Business irgendwann aussteigen wollen."

Farah und ich waren an diesem Tag bei Gun zum Kaffee eingeladen. Mir zuliebe hatte er eine Erdbeertorte besorgt. Als wir gemeinsam am Tisch saßen, stand ich auf und sprach zu den beiden. Ich zitterte, trotzdem war meine Stimme laut und deutlich zu hören. „Ich möchte euch danken für eure Loyalität, ihr seid meine Familie." Gun wollte etwas sagen, doch ich redete schnell weiter. „Die Ärztin hat gesagt, dass meine Vagina noch vier Wochen braucht, um vollständig wieder einsatzfähig zu sein. Ab Morgen möchte ich wieder an deinen Lektionen teilhaben, Gun. Außerdem bin ich fett geworden, das ist das letzte Stück Kuchen in diesen Monat. Ich will eine Edelhure werden und ihr helft mir dabei, eine zu werden, egal was passiert ist. Das ist unser Berufsrisiko, ich möchte aber ab jetzt nicht mehr über diesen Vorfall sprechen!" Danach setzte ich mich wieder hin und nahm einen Bissen Erdbeertorte.

Weder Gun noch Farah sagten in diesem Moment etwas, im Gegenteil, sie starrten mich ungläubig an. Nach einer Weile erhob Gun sich und fing an uns zu dominieren, so wie am Anfang unserer Lektionen. Ich genoss jedes seiner Worte. „So soll es denn sein, meine Süßen. Ich freue mich sehr, dass ich euch beiden jetzt wieder zeigen kann, wo euer Weg lang geht. Raija, willkommen zurück!" Danach legte er eine Platte auf und öffnete eine Flasche Champagner. Wir tanzten, tranken und küssten uns. Mehr passierte an diesem Abend aber nicht. Gun schickte uns nach kurzer Zeit nach Hause und befahl uns am nächsten Tag um Punkt achtzehn Uhr zu unserem zweiten Teil der Ausbildung zur Edelhure bei ihm einzutreffen.

Ich war bereit weiter zu gehen, und wartete auf das, was da noch kommen würde in den nächsten Monaten. Gun hatte uns einen sehr strengen zweiten Teil unserer Ausbildung, inklusive vieler Belohnungen versprochen. Farah hatte in den letzten Wochen schon mehrere Freier bedient. Während Gun mich liebevoll gesund pflegte, fickte er sie auf alle erdenklichen Weisen und ich spürte eine Art Eifersucht in mir aufsteigen, sodass ich die Fortsetzung meiner Ausbildung kaum noch abwarten konnte. Noch viel mehr war ich aber darauf aus, endlich mit ihm zu schlafen. Ich war bereit alles zu tun, um in diesem Business ganz nach oben zu kommen.

Über Farahs und meinen weiteren Werdegang auf unserem Weg an die Spitze der Sexarbeiterinnen werde ich euch in dem zweiten Teil meiner Aufzeichnungen einen weiteren Einblick in unsere Leben gewähren.

In der jetzigen Gegenwart bin ich gerade dabei, mich auf meine Arbeit im Palasthotel vorzubereiten, um mich mit voller Energie all den gestrandeten Urlaubern zu widmen, die aufgrund der Witterungsverhältnisse derzeit keine Chance haben, die Insel zu verlassen. Außerdem freue ich mich nachher sehr auf Androsz Besuch in der Bar. Gun kann sich auf seinen Sohn ebenso verlassen wie auf Farah, Ruth und mich.

Bis demnächst in unserer Welt der heißesten Huren

Eure Raija